悪役令嬢はヒロインを虐めている場合ではない 3

登場人物紹介
ジーク
氷の魔法を自在に操る
公爵子息。
レーナの婚約者だが、
何やら事情があるようで——
レーナ
自由奔放でガッツのある悪役令嬢。
魔力量と学力は少々低め。
バカンスから帰ってきて、
ゆっくりしようと思っていたはずが——!?

フォルト
レーナのはとこ。
なんだかんだ面倒見がよい。
シオン
攻略対象の一人。
レーナと血の盟約を
交わしている。ドSだが、
レーナに弱い側面も。
リオン
魔法省の職員だが、
なぜか学校に現れた。
ドM疑惑がある。
アリアンテ
レーナの前に現れた
謎の女性。ジークと
関わりがあるようで——
ミリー
レーナの取り巻きの一人。
おっとりしているが、
時折爆弾発言をする。
アンナ
レーナの取り巻きの一人。
しっかり者で、やや過保護。

プロローグ

馬車の車窓から、学園都市をぐるりと囲む高い城壁を見つめ、また帰ってきてしまったと私は思わずため息をついた。

ため息をどれだけついたところで、私の乗った馬車の行き先があの城壁の向こうにある王立魔法学園……乙女ゲームの舞台であることは変わらない。

馬車の窓ガラスに映る私の姿も、以前とそう変わらない。

金髪でちょっとつり目をした緑の瞳を持つ、ゲームの登場人物の一人。公爵令嬢レーナ・アーヴァインのままだ。

レーナは、婚約者であるジークと仲良くなっていくヒロインが気に入らなくて、取り巻きであるアンナ、ミリーと共に幾度となくヒロインを虐めるような、小説や乙女ゲームに割とよくいる金髪縦ロールがトレードマークの悪役令嬢である。

ヒロインを取り巻きと共に虐めまくったその結末は、最愛のジークの手によって断罪されて社交界から追放されるというもの。

せっかくお金持ちのお嬢様に転生したのだから、断罪なんてまっぴらごめん！

『ジークには関わらず、お嬢様として楽しく生きる』をモットーに楽しい生活をしていくはずだったのに……

――そうは私の前世からの不幸体質が許さなかった。

転生して外見もがらりと変わったというのに、私の不幸体質だけはまさかのそのまま。

そのせいで……思い返すと、悲しいやら怖いやら、腹が立つやら。

攻略対象者の一人で優しく面倒見のいいお助けキャラを兼ねているフォルトは、なぜかはとこにあたるレーナのことが嫌いなようで嫌味を言ってくる。

唯一バッドエンドがあるから、ぜーーったいに近づかないでおこうと思った神官シオンにはしっかりと目をつけられ、森で恐怖の鬼ごっこ。

レーナの婚約者であるはずのジークには、縦ロールをやめたらレーナであると気づかれなかっただけではなく、学園にある秘密の部屋に入るところを見られて腕をひねりあげられて拘束される始末。

攻略しようとは思っていないにしても、これ本当に乙女ゲームの世界ですか？　という絡み満載だった。

極めつけは――寄付金をたっぷりと学園に渡しているおかげで、私のことを気にかけてくれていると思っていた医務室のアイベル先生！

まさかまさかのゲームでは明らかにされなかった第二王子の暗殺計画を動かしていた黒幕が彼でしたという衝撃の展開が私を待っていた。

そんな黒幕が学園にいるなんて当然知らなかった私は本当に危ないところだった。

魔力切れで私の体はちっとも動かないし、フォルト、シオンだけではなく、いつもは私のそばに常にいてくれるアンナとミリーも私のそばを離れて教会の残党を捕縛しに行ってしまって。

絶体絶命！

そんな時に目の前に現れたのが、レーナの顔を覚えてすらいなかったジーク。

正直ジークがあんな土壇場で現れるとは思ってもみなかった。

あきらかな形勢不利の状態で、知らない女子生徒を背にジークが一歩も引かずに戦ってくれた理由はいまだによくわからない。

ジークの気持ちがよくわからないといえば、夏休みのこともよ……

ヒロインをはじめとして、攻略対象者は当然夏休みも実家に帰ることなく学園に留まる。

まぁ、攻略対象者全員それぞれの領地に帰って誰もいませんって、そんなの乙女ゲームでありえないから当然といえば当然なんだけど。

転生後、学園には二カ月もいなかったというのに、すでに学園生活で散々な思い出が満載だった私はヒロインや攻略対象のいる場に残るとろくなことはないと考えた。

ゲームのレーナであればおそらく、好意を寄せているジークが学園に残ったからと取り巻きのアンナとミリーと共に学園に残ったに違いない。

でも今の私はゲームのレーナとは違う。

実家に帰ってしまえばヒロインも攻略対象者もいないのだから、トラブルに巻き込まれずに楽しくショッピング、観光、美食の限りを尽くして夏を謳歌できるじゃない！

ということでレーナの故郷アンバー領へと向かったけれど。

第二王子暗殺計画を阻止し、黒幕を捕縛してシオンを助けた結果、シナリオが大幅に変わってしまったのかもしれない。

攻略対象者のフォルトとシオンもアンバー領に来てしまうわ、絶対来ないだろうと思っていたジークまでが学園都市を離れてアンバー領に大集合するという珍事。

乙女ゲームの攻略対象者が三人も夏休みの間学園を不在にするなんて、ゲームのシナリオ的に本当に大丈夫？　と心配になってしまうほどだった。

フォルトは里帰りのため、シオンは教会のしがらみがなくなったことで私の父に会うため、と納得できるけれど。

今までのレーナへの扱い的に、ジークがなんで今更私に歩み寄りを見せるのかがさっぱりわからない。

その上婚約者だからと私の家に滞在することになって、レーナの体はまだ十三歳だというのに胃が本当にキリキリとした。

しかも災難はこれだけでは済まなかった。公爵令嬢なのにダンスが踊れないままだとさすがにまずいわよねと、お父様に頼んでつけてもらったダンスの先生は、イケメン高身長で大当たり！　そう喜んだのもつかの間……

ダンスの先生の正体は、グスタフが所有していた魔剣が現場から見つからなかったことで、私が魔剣を隠しているのではないか？　と疑う魔法省の職員でした！　という見事な落ちまでついてしまった。

ダンスの先生、改め魔法省の職員だったリオンは、私がいくつもの武勇伝を残すユリウス・アーヴァインの子孫なのに、よもやよもや魔力がほぼないはずれの子とは思わなかったようで……

私が魔剣を意図的に返さないに違いないと、リオンが悪意を持って動いた結果。

何もかもが終わったころには、私の意思とは関係なしに血の盟約者がもう一人増えているわ、魔法省に拘束されている間に誕生日が終わっていていているわでもう散々。

そんな魔剣騒ぎをなんとか切り抜けて、やっとゆっくりアンバーを観光したり、おいしいものを食べたりして夏休みの取り返しができるかなと思えば、お父様である公爵が不在の間に起こった土砂崩れ騒ぎ。

現場に駆け付け蓋を開けてみれば、土砂崩れというのは教会の残党が栽培した麻薬を持ち逃げするための時間稼ぎの虚偽だったのだ。結果、第二王子暗殺事件の黒幕逮捕で終わったと思っていた、教会と再び対峙することになってしまった。

どうにかこうにか解決し、当初の予定通り夏休みを満喫するわよ！　という私の前に立ちはだかったのは――手つかずの夏休みの宿題。こんなのゲームでは描写されなかったじゃない！

思い返すだけでも恐ろしい。

さすがに短期間でいろいろ起こりすぎよ。

ああ、ラッキーネックレス様、今回も無事に過ごせますように。

公爵令嬢の立場を最大限に利用して手に入れた、ゲームでは誰が買えるのよ！　というほど高額で、運を底上げしてくれるチートアイテム『ラッキーネックレス様』を握りしめて私は祈りをささげた。

本当に、本当に、頼むわよぉおおお。

一　読書に勤しんでいる場合ではない

夏休みを数日残し、私は早めに王立魔法学園の寮に到着していた。

グスタフが私の居場所を探すためにうろついていたから危険ってことで、確か以前の部屋から引っ越すことになったのよね。

はてさて一体どこに引っ越すことになったのかと思いきや……新しい部屋はなんと前の部屋のお向かいだった。

えーこれ意味ある？　え？

そう思うけれど、灯台下暗しってやつか。冷静に考えると寮の部屋は階によって大きさが違うので、私が希望しても引っ越せる部屋自体がここしかなかったって説が有力かしら。

部屋は以前より広くなったのか、前より手狭になったのかはわからないけれど、間取りが微妙に異なるのが面白い。

家具はきちんとメンテナンスがされ、どれもこれもピカピカだ。

魔剣が隠されているのでは？　と疑われ、メンテナンスという名目で一度調べられてはいそうだけどそこは公爵令嬢。

私の好みの変化に合わせた新しい家具が導入され、部屋の雰囲気は以前のいいところを残しつつ、気持ち新たに過ごせそうな部屋に仕上がっていた。

カーテンの色もさわやかな青色からオレンジベースのものに変わっている。これから寒くなるから、部屋の中には温かさをというコンセプトなのだろうか。

長旅でお疲れでしょうとメイドが新しいお茶のスペースに案内してくれて、私は一息ついた。

窓から見える景色も以前とは違うのがなんだか新鮮ね。

温かな紅茶としっとりとしたフィナンシェのような菓子に、私は舌鼓を打った。

私がゆったりとした時間を過ごしている間に、メイドは私がアンバーから新しく持ち込んだ荷物をどうするか確認しつつ手早く片づけていく。

フォルトから貰った本とジークから貰った栞は寝室に、アンナとミリーから頂いたカチューシャは他の装飾品と一緒にしまっておいてと指示を出す。

「あの、お嬢様……」

メイドの一人が瓶に入った砂を持って、これは……という困った顔をした。

これはシオンから誕生日プレゼントでもらったアンバーで人気のお土産。

『アンバーに来た記念に美しい砂浜の砂をもって帰ろう』ってやつだわ。

そう、私の実家のプライベートビーチに山のようにある白い砂である。

他の人からのプレゼントも持ってきたからこれだけ置いていくのも……と思い、とりあえず持ってきたやつ。

「それは……寝室の出窓のところに一応飾っておいて」

一通りの指示を出し終えた私は、部屋の片づけをメイドに任せて学園をぶらぶらすることにした。

夏休みはまだ数日残っているにもかかわらず、すでに生徒が学園にポツポツと帰ってきているようで、寮はいつもより騒がしかった。荷物を自ら運び込む生徒の姿もちらほらと目に入る。

はぁ、自分で片付けないといけない人は大変そうねぇ。

こればかりはお嬢様であることに感謝だわ。

一緒に来たアンナとミリーも、今日はさすがに荷物の片づけで忙しいだろうから、一人でカフェでもいこうかしら。

なんてことを思って部屋を後にすると、なんとかつての私の部屋は早くも新しい住人が入ったようで、従者やメイドたちが慌ただしく出入りしていた。主人のために部屋を整えている真っ最中なのだろう。

夏休みの間、私がアンバー領でいろいろなことがあったように、学園でもいろいろ変化があったみたいね。

お向かいさんは一体どんな方かな？　イケメンだといいのだけれど。

メイドの一人が部屋から出てきた私に気付き、深々と頭を下げる。

私も軽く会釈をして歩き出すと、向かいの部屋から人が出てきた。

「レーナ」

この学園で私に様をつけなくてもよい人物は限られている。

そして声でわかる。なぜお前がその部屋から出てくる。

名前を呼ばれ、動きの悪いロボットのようにギギギっと、首だけ呼ばれたほうに振り向いた。

「ごきげんようジーク様」

「会えてよかったよ、ごきげんようレーナ」

「なぜその部屋から出てこられたのですか？」

行儀がよくないとわかっていても、動揺から思わず指をさして私は尋ねた。

「あぁ、君の部屋が空っぽになっていたから、学生部に問い合わせに行ったんだ。守秘義務があると言われ、君に何があったかはわからなかったけれど、以前君が使用していた部屋が空いているというから引っ越したんだ」

少しの間をおいてジークは続ける。

「……しかし新しい君の部屋がまさか正面だとは思わなかったよ。引っ越しの意味はあったかい？」

さすがに私の部屋の移動がまさかこれ程までに近場だとは思いもしなかったようで、笑顔が一瞬ぎこちなかったがジークはすぐに表情を取り繕う。

そして私の耳元でささやくようにこう言った。

「君が以前使っていた部屋は寝室の窓から外に出入りできるだろ。コッソリ抜け出すのに便利だからね」

あーなるほどである。

私にとっては防犯上危ないと判断したことが、ジークにとっては便利なことなのだから、部屋の善し悪しの条件は人それぞれである。

「おかえりレーナ、君が学園に戻ってきてくれてほっとしたよ、それではまた新学期に」

ジークは手短にそう告げると、やることでもあるのか再び部屋に戻っていった。

新学期かぁ、本当は夏休みの間から少しは勉強しておくつもりだったのに、いろいろ重なってちっともできなかったのよね。

できるようになったことはダンスくらいだ。

新学期のことを考えると、実に実に実に……憂鬱である。

軽やかな足取りから一転、新学期のことを考え重たい足取りになってカフェを目指していると。

「いたいた、レーナ様！」

寮から出てすぐに、次はシオンに捕まった。

「あら、シオンごきげんよう」

「今いくら持ってる？　お金貸して」

可愛いポーズで言ってくるけれど、内容は完全にカツアゲである。

「カツアゲですか？」

少し動揺しつつ聞き返す。

「えっ、あぁ～うん、そうだね。僕お金足りないんだよね、だからちょっとばかし融通してくれる？」

ちょっと考えてシオンは、言動をカツアゲらしく寄せるためか、右手でお金のポーズをしてニッコリとほほ笑む。

「カツアゲのほうに寄せなくてもいいわよ」

「教科書買うお金が足りないの。銀貨二十枚ほど貸して！」

「治癒で得たお金はどうしたのよ？」

アンバー領で治癒師としてバイトしていたこと、こっちは知ってるんだから。

「あ～あれか、うーん、いろいろあって使っちゃった」

おいおいおいおいおい。

「確か私に請求した分も届けさせたでしょ、あれはどうしたの？」

「あ～あれね。制服のシャツを二枚新調したら消えた。身体のラインにぴったり採寸しすぎなんだよね～、制服のシャツ……もう少し余裕を持たせてくれていればまだ着れたのに」

身体のラインによりぴったり合わせたモノのほうが、やはりピシッとして見えるが、その裏ではこまめなサイズ調整と新調が欠かせないようだ。

さすが貴族ばかりが通う学校だけある。

「なるほど、事情はわかりました」

そういえば私よりホンの少しだけ高かったはずの彼の身長が少し伸びている気がする。

キャラクタープロフィール的にシオンは少なくとも最終学年までに後十五センチメートルほど伸びるはずだから、そりゃ制服も合わなくなっていくわけね。

服も小さくなるだろうと納得すると同時に、私の身長は伸びないの？

なんて疑問がよぎるが、首を振って思い出さなかったことにした。

財布を取り出しゴソゴソと漁《あさ》る。

金銭と生活を保障すると一応約束しているのだから、ここは気前よく渡しておいたほうがいいのかしら。

この世界には紙幣がない。かといって学園内をうろつくとき硬貨をたくさん持つと重いので、普段から硬貨はあまり持ち歩かない。とりあえず金貨を一枚渡して当分はこれで何とかしてもらうことにした。

「これで当分は大丈夫かと思います。返済は結構です。父にもシオンのことを頼んでおりますので、一度連絡してみますね」

「ありがとう。でもそういう連絡は僕からアクションをする前に、できれば自主的にしてくださると助かるからね！」

「はい、それは申し訳ございません」

そう言って私は頭を下げた。

そんなこんなで始まった私の学園生活だけど、私にはちゃんとした目標があった。

『授業をまじめに聞く、そしてノートをしっかりととる』

　一学期とは違い、私は授業に真剣に取り組んでいた。

　アレだけプレイしたゲームの知識も時間がたつと忘れてくるもので、補習を避けるためにも授業は真剣に取り組むしかない！

　午後の授業もぼーっとせず、昼寝もせず、クラス合同の授業でジークを見つめっぱなしだった私の受講態度がまじめになったことに先生方はどこかほっとしているようだった。

　王立魔法学園にいる間は、貴族平民の身分を問わず平等なんて言われているけれど実際は違う。

　ゴリゴリに身分による差別、いや区別がある。

　先生方の姓は身分差関係なく指導するために明らかにされていないが。

　公爵家の生徒ともなると、注意できる人などそもそもほぼいないのだ。

　先生方からしたら、レーナは確実に扱いにくい生徒だっただろうな。

　それにしても授業は聞いてみれば案外面白い。魔法を身近に感じられるし、まるでホグ……これ以上言うのはやめておこう。

「レーナ様大変です」

　授業に関心を持ち、すっかりまじめになった私にアンナとミリーが話しかけてきた。

「二人ともどうかいたしまして？」

　アンナとミリーは顔を見合わせてから、こちらへ向き直る。ミリーがコッソリと私に耳打ちした。

「新しいイケメンの噂を手に入れました！」

「何それ！　詳しく聞きたいわ」

私は身を乗り出した。

本質はちっとも変わっていない私だった。

すっかりイケメンの話に興味津々の私に、アンナがさらに続ける。

「治癒師のグスタフ先生が学園を去られましたよね。その代わりの先生がいらしたのですが、大当たりだったそうです。治癒師は不足しているのでパッとしない父親くらい歳の離れた方がまた来られると思っていたのですが、若く見た目の整った方だったそうで、多くの女子生徒たちが頭痛や生理痛など体調がすぐれないと訴えて足しげく通っています」

「アンナ、ミリー……。私、朝食を食べ過ぎてしまったかもしれません」

お茶の時間に一口サイズのモンブランを三つも四つも食べていたにもかかわらず私はそう言った。

「「まぁ、大変ですわ」」

アンナとミリーは、お互いに顔を見合わせてにんまりと笑った。

あれよあれよと、医務室へＧＯである。

いつの世もイケメンは女子の心を掴むものなのよ。

ましてやゲームなら変わることなどなかった医務室の新しい先生ってことは、攻略対象者と一切関係がないはず。要は私が関わってもＯＫな無害なイケメン！

顔を見たいからという不謹慎な理由で、私は足早に医務室に向かった。

顔をチラリと見たら、気持ち悪さは治ったことにして昼食に行こう。

ホホホッと、ついつい悪役令嬢らしい笑い方が出てしまう。

以前は医務室に行っても誰も人がいなかったのに、アンナの言う通りイケメン見たさの女子生徒がちらほらといるではございませんか。

あぁ、こんなにも人が集まるだなんて、いったいどれほどの顔面なのだろう。

イケメンは人をこんなにも寄せ付けてしまう。

これだけ人が自然と集まるイケメンが学園の新たな先生として加わっていたなんて、情報をキャッチするのが遅かったことだけが悔やまれる。

「本当に具合の悪い人以外は遠慮するように」

苛立った声が先に聞こえて、医務室の扉が開いた。

待ちに待ったイケメンが現れる。

百八十はあろう身長、緑色の髪と瞳。

はて、気のせいかしら……どこかで見たことのある容姿をしていらっしゃる。

私はにこやかな笑みを浮かべたまま、彼の見覚えのある容姿を見て固まった。

私の知り合いにとても、とてーーもよく似ているけれど。

彼は魔法省の職員。さらに私が絶対に辞めないようにと念押しして、魔法省で働くようにとキツく言ってある。

だから医務室の先生が私の知っている彼のはずはない。

「レーナ様、本当にカッコイイですよ」

ミリーが完全に固まった私の制服の裾を引っ張りながらそう言う。

「身長があるので同学年の男子生徒と全然違いますね」

私の反対側の制服の裾を引っ張りアンナもそう言った。

そういえば、二人は私のダンスの先生と会っていないから顔を知らないんだった。

いやいやいや、まだ彼と決まったわけではない。似ている他人だとか、ひょっとしたら兄弟なのかもしれない、そういえば彼に兄弟の有無とか聞いたことがなかったわね。

「レーナ様どうされました？」

しかし、女子生徒の中から私を発見した男は、迷うことなく私の名を呼びやってきた。

はい、知り合い確定である。

「リオン……あなたなぜここに」

「ご挨拶が遅れてしまいすみません。何しろ急なことでこちらも準備に追われてしまいご挨拶が後手に回ってしまいました。新学期から治癒師としてこちらで働くことになりました。怪我をされた際は気軽にお声掛けください。レーナ様」

そう言って、ニコっと私に笑いかけた。

「レーナ様のお知り合いですか？」

「ご紹介くださいませレーナ様」

二人に言われて私はどう紹介したものかと思っているとリオンから二人に挨拶があった。

「リオンと申します。治癒師です。学園に赴任する前はアンバー領で働いておりました。レーナ様のお父様である公爵様から、このたび学園の治癒師に欠員が出たとのことでこの仕事をご紹介いただき学園に雇われました。教師は苗字を名乗ることはできませんので名前だけの紹介でお許しください」

こいつ自己紹介を『治癒師です』で乗りきった。

二人はキャッキャしているが、私はそれどころではない。

なぜお前がここにいる。

魔法省はどうした？

聞きたいことが次々出てくる。

リオンは挨拶を済ませると、右手を他の生徒たちにかざす。

「他の生徒は特に問題がないようだから戻るように」

手をかざすことで生徒たちが怪我しているか調べたようで、他の生徒は促されるまま帰っていった。

「医務室の前で立ち話もなんですから、中に入ってはいかがですか？　高価なものではありませんが、薬草室からハーブをいろいろと融通してもらっているので、おいしいハーブティーを御馳走しますよ」

リオンに促され、私達は三人で医務室にお邪魔することになった。

医務室の中はだいぶ様変わりしていた。

前は元いた世界の学校の保健室に似ていて、最低限の必要なものを揃えただけの殺風景な感じの部屋だったのに、壁の一部はぶち抜かれて、これまでの部屋と続き部屋となるように増築されていた。

光が入ってくるようにさまざまなサイズ、形の窓がついており、壁に沿うように低めの棚が並んでいる。

棚の上には植物や花、お茶のセットなんかが置いてあった。

ちょうど、部屋から出っ張る形の続き部屋には、テーブルとイスが新たに置かれ、数人でちょっとお茶を楽しむのにぴったりな空間が出来上がっている。

「あら、医務室には来たことがなかったのですが、こんな風になっていたんですね」

ミリーがきょろきょろと部屋を見渡す。

カーテンは緑色のものがかけられていた。

「奥のテーブルのあたりは今回増築させていただいたのです。私は魔力量が多く、大抵のことは魔力を使うことで事足りるので、薬草や回復薬に充《あ》てられていた予算の大半を使って、部屋を改装したんです。さすがに窓までこだわると予算が足りなくなってしまうので、形は問わないから予算内で窓をつけてほしいと知り合いに相談したところ、この通りのバリエーション豊かな窓がつくことになってしまいましたが……」

促され席に座ると、リオンは手際よくお茶を淹《い》れている。

透明のティーポットは、中にどのようなハーブが入っているか見えるようになっていて見た目にも美しい。

お湯を入れると、たちまちティーポットの中には美しい黄色の花が咲いた。

おしゃれか⁉　と思わずツッコミをいれたくなるのをぐっと耐える。

「このように、中に変な薬草やハーブが入っていないか一目でわかるものを使っておりますので、不安があればどうぞよくご覧になってからお飲みくださいね」

私がマジマジと見ているものだから毒の心配をしていると思われたのか、そう言われる。

おいしいお茶を御馳走になった後、先生のかっこよさに沸き立つアンナとミリーの話を聞きながら食堂に向かった。

私は夕方当然、一人で医務室にお邪魔した。

「レーナ様、おそらくもう一度訪問されるのではないかと思っておりました」

私を見つけると、リオンはそう言って医務室に招き入れた。

「どうしてここにいるの？　あなたには魔法省に残るようにと伝えたはずです」

「ご心配なく、今も魔法省の所属です」

リオンは昼とは違うハーブティーをゆったりとした動作で準備する。

「ならなぜ学園都市に？」

「とりあえず、これでも飲んで少し落ち着いてください。私が貴方に逆らえないのは貴方自身わかっているでしょう？」

リオンに椅子を引かれれば習慣で着席してしまう。

お茶だけでなく、先ほどは出されなかった一口サイズのシンプルな焼き菓子が置かれる。

とりあえずお茶に口をつけ、行儀が悪いと言われそうだけれど、一口サイズの焼き菓子を指でつまみ、口の中にポンッと丸ごと放り込む。

「いろいろありまして、では御納得いただけませんよね？」

「もちろんです。ところでこのお茶菓子がおいしいのですが、もう一つありまして？」

「それはよかったです、焼いてみたかいがありました」

「お手製なの？」

「えぇ、分量をきちんと計測し、温度管理をして仕上げるという工程は薬師の得意分野ですから。気にいっていただけてよかったです」

リオン……お前、お料理男子だったのか。

リオンの作るお菓子はおいしかった。

シンプルで素朴な焼き菓子は、公爵令嬢として美食の限りを尽くしていた私にとっては久々に味わうものだった。

さすがに甘いからもういいかなと思っていたところに、薄切りのフランスパンの上に角切りトマトがたくさんのった違う料理が出される。

「これは何ですか？」

「あぁ、名前がつくような料理ではありませんが、塩気がそろそろほしいかと思いまして。私の晩酌のあてになる予定でしたがよろしければ」

うまいぞー！

ガーリックトーストの上にトマトをのせて塩と粗挽き胡椒少々、オリーブオイルをかけてオーブントースターでチンしたような味わい。

　ワインがほしい。

「お酒が合うのですが、未成年だから勧めるわけにはいきませんね」

　私の気持ちをくみ取るかのようにリオンがそう続けて、困ったように笑った。

　甘いからのしょっぱいコンボはヤバい、永遠に食べ続けられる。

　リオンは給仕を終えると、目の前の椅子に座りハーブティーを自らのカップに注ぎながら話を始めた。

「私がここへきたのは簡潔に言うと魔剣がらみですね。アンバーでのこともありますし、もし学園で魔剣を狙う人物が現れた際に、レーナ様だけでは自衛が難しいのではという魔法省の判断もあってのことです」

　そう言って、リオンは自ら淹《い》れたハーブティーを一口飲んでから話を続けた。

「公爵令嬢だから特別待遇でこのような処置になったのではありません。レーナ様は、魔剣の所有者にもかかわらず魔剣をお一人で守れません。悪意を持った者が魔剣を狙う危険性を考慮したうえでの特別待遇と思っていただけたらいいかと思います」

　魔剣を自力で取り出せなくても、私が魔剣持ちであるという事実は当然付いて回る。何らかの手段で魔剣を取り出すことが可能である以上、魔剣が悪意のある新しい主人のものになるという最悪の事態を避けるための処置だというのなら仕方ないか……

リオンは私と血の盟約を結んでいるので、私に危険が迫れば感知できる。

私が魔剣の所有者だからこそ、魔剣を奪われてしまった際は、戦闘で盟約が威力を発揮するのかもしれない。

魔法省に留まるように言っておけば今後リオンとの接点がなくなると思ったのに！　と心の中で悪態をついても今更どうにもならないことだけはわかったのでため息をついて医務室を後にした。

そして一番恐ろしいことは風呂上がりに起こったのである。

体重が……一キロも増えていたのである。

嘘でしょう！　今日は間食してしまったから、そのせいよ。

明日の朝、お通じさえくれれば元通り——とはいかなかった。

しっかり一キロ太っていました。

何か暴飲暴食をしたか？　と思いを巡らせてみるが、心当たりといえばリオンのところで美味しいおやつとリオンの晩酌のつまみとハーブティーを何杯かいただいたくらいである。

まさか……毒………ってそんなわけないけど太ってしまった。

それはもう思いっきり。美味しかったけれど気をつけなければ。もうもうもう！　である。

お土産にといただいた、すごく美味しい焼き菓子が恨めしい。

しかもリオンは渡した際にこう言ったのだ、『このお菓子は焼き立てよりも一日置いた方がしっとりとして美味しいですよ」と。

もうもう、ばかばか商売上手め。

おかげで朝食は控えめにして、早朝からダイエットのため学園内をウォーキングすることにした。

こういうのはすぐに対処しないと、三キロも四キロも増えてからでは遅いのだ。

といいつつも、明日食べたほうが美味しいですと渡されたお菓子をメイドに下げ渡すことなく持ってきてしまったあたり、私はお菓子に未練たらたらだ。

リオンのやつ、なんてことを……なんてことを思いながら、当てもなくウォーキングしていると、途中で話し声が聞こえた。

どうやらヤバそうな場面に鉢合わせたようね、と私は歩みを止めて聞き耳を立てる。

「あなたなんかに彼が振り向くはずないわ。ジーク様が最近乗馬クラブに顔を出さないのも、あなたに毎日来られるのがよほど嫌だったのでしょうね、ご愁傷様」

聞こえてくるのは強い口調で相手をなじる女子生徒達の声。どうやら好きな人を取られたくなくて相手を牽制しているところみたいね。

くわばら、くわばらである。

「お金がないなら、朝早くからこんなところには来ずに夏休みのようにお仕事をなさったら？」

そう言って相手をドンッと突き飛ばしているし、これは怖い。

どうしよう。止めに入る？

いや、待てよ。魔法で反撃されたらひとたまりもない。

私の魔法は学園の入学水準ギリギリ。要は魔法に関して、この学園の中で常にビリ争いをしている雑魚なのだ。

おまけに私は緑の魔法の使い手で、野菜や花を育てることはできても、その力を攻撃として転用できるほどの魔力量がない。

今の私では太刀打ちできないと判断して、こっそりと木の陰に隠れて様子をうかがい続ける。もし責められていた女の子が怪我をしていたら医務室に連れていくなり、私にできることはしよう。

しばらくすると、囲んで罵声を浴びせていた女の子達は満足したのか去っていった。

一人残されたのは茶色の髪の女の子。

尻もちをついた状態でポツンと座りこんでいる。

ゲッ!?　ヒロインじゃないのよ。

レーナがヒロインを率先して虐めなかった場合は、第二の悪役令嬢が現れてヒロインを代わりに虐めるってわけか。

彼女は突き飛ばされたときにどこか痛めたのか、一向に立ち上がろうとせず座ったままだ。

さっきの怖そうな人達がいなくなったことを入念に確認した私は、ヒロインのところに向かった。

「あの、よかったらこれを」

ポケットからハンカチを取り出してヒロインに差し出す。

「ありがとうございます」

ヒロインはよたよたと立ち上がると、私のあげたハンカチで顔についた泥のような物を拭った。

私は尻もちをついたせいで制服についた土汚れを払ってあげるのを手伝った。

「レーナ様の手が汚れてしまいます」

「手は後で洗えばいいですから」

ひどいことをする人がいるものだ。

ゲームでは実際こういうヒロイン虐めを、アンナとミリーと共にレーナがしていたんだけれど……

自分が頑張るよりも、頑張っている誰かの足を引っ張る方がずっと簡単で楽という言葉を思い出す。

ジークには私という婚約者がいるから、他のご令嬢はジークに恋に落ちてもアピールなんてしてはいけないという暗黙の了解がある。

あの女の子達は、貴族でもない子がちょっとジークから特別扱いされていたのがどうしても許せなくて、妬ましかったのだろうな……

ジークの特別扱いは私をイライラさせるためで、貴族のお嬢さんを使うと後々まずいからという理由であえて後ろ盾もない平民のヒロインを使った可能性があるけれどね。ジークはかなり……かなり強《したた》かで腹黒いし。

あなたもジーク被害者なのね、なんてヒロインに対して妙な仲間意識が湧いてくる。

あんな整った顔の人物が自分のことを特別扱いしてみろ、そりゃ夢を見たってしかたないだろと思う。

私に対してはちょいちょいボロを出すジークだけれど。

アンバーで彼に抱えられて見上げたランタンを思い返すと、彼に惚れたら社会的に完膚なきまでに死ぬ、と知らなかったら本当にやばいところだったと思うもの。

「ハンカチありがとうございました。後で洗ってお返しいたします」

そう言ってヒロインは頭を下げた。

「それは差し上げますわ。あとこれ、おやつに食べようと思っていたけれどよかったら食べてください。甘いものを食べると元気が出ますから」

なんとなく気まずくて、私は頭を下げるヒロインにあの凶悪なカロリーのお菓子を押し付けて後にした。

その後、当てもなくぶらぶらしていた私は気づけば乗馬クラブの練習場近くにきてしまっていた。

すでに皆練習コースに出てしまっているようで、見学に来ている女の子たちは誰もいなかった。

先ほどヒロインにごちゃごちゃ言っていた人たちが見学に来ていた子たちだったのかも。

鉢合わせなくてよかった。あんなの見た後だとさすがに気まずすぎる。

この分ではジークもいないだろうから、乙女ゲームの舞台になる場所をちょっと見学していきますか？

なんてジークがいないことをこれ幸いと乗馬コースあたりをうろついていると、馬の蹄の音がした。

誰か戻ってきたのかしら？

蹄の音はどんどん近くなり『あっ』と思った時には私の腹部に腕が回り、足は地面を離れていた。

あっという間にそのまま馬の上に引き上げられる。

「うぉわぁぁあ！」

かわいらしくない悲鳴が口から出る。

何!?　何が起こったの。

学園に帰ってきて日も浅いというのに攫われるのか、と半泣きで私のお腹に腕を回す人を目視したら、笑いを噛み殺しているシオンだった。

「おい、シオン。だから声かけないとまずいって言っただろう？」

そこに続いたのはフォルトの声だった。

「レーナ嬢すまない、一応は止めたのだけれど」

気まずそうにフォルトが言う。

「一応ではなくしっかりと止めてください」

「すまない」

実行犯ではないのに、なぜか別の馬に乗ったフォルトが申し訳なさそうな顔で謝る。

「だって、あんなに驚くと思わなかったんだもん。ごめんね～。それにしてもあの叫び声はナイよ。ジーク様じゃなくてガッカリした？　ガッカリした？　でも残念でした。今日は僕とフォルト様に付き合ってよ」

シオンの『ごめんね』はあまりにも軽いし、まったく悪いことをしたと思ってないのがバレバレだ。

「シオン、あなたが一番反省して私に謝罪しないといけないんですよ。わかっていますか？　あと、付き合うって……二人はここで一体何を？」

「シオンに馬の乗り方を教えていたんだけど。レーナ嬢を見つけたら、面白そうだから後ろから攫ってみようと言いだして、その」

そう言ってフォルトはシオンのほうにチラリと視線をやる。

「本当にしっかりと発案の段階で止めてください……心臓に悪いです」

「すまない」

またもシオンではなくフォルトが謝る。

シオンは私の後ろでシレッとしているところがまたイラッとする。

「身体強化すれば案外簡単に持ちあがるね。ところでレーナ様少し太った？」

口が悪くずけずけと発言する癖に、私の体重の増減には繊細に気がつくのはやめてほしい。

「……太ってなんか」

「カマかけたんだけど、その口調からしてやっぱり太ったんだね」

ニッコリとシオンに微笑まれる、嫌《や》な奴嫌《や》な奴嫌《や》な奴！！！

「二人ともその辺で。シオン、女性に体重のことを言うのはタブーだ」

フォルトもそういう注意は後で二人の時にこっそりとしてちょうだい。

「いいじゃん。レーナ様だしセーフだよセーフ。ノーカンノーカン」

全然反省してないし、発言も悪いとちっとも思っていないでしょこれ。

何より、レーナ様はセーフでノーカンってなんだよ。

女性でもある以前に、一応血の盟約をしたことでシオンのご主人様なのよ私。

「あ～、プレゼントした小説は読んでくれたか？」

悪い空気を払拭すべくフォルトが別の話題を出してきた。

「いえ学園には持ってきたのですが、まだ読めていないのです。夏休みの宿題が思ったより時間がかかって……」

「小説にここの乗馬コースが出てくるんだ。そうだ、ちょうどいいからこれから見ておくとより小説を楽しめるんじゃないか？」

フォルトはすでにニコル・マッカートの新作に目を通したようだ。

後ろからついてきてと言わんばかりに、私とシオンが乗る馬の前に出る。

我々は一周四十分のコースを少しゆっくりと回ることになった。

痛くなるお尻は、定期的にシオンがポンッと治してくれる。

それにしても二人は本来乗馬クラブにいる攻略対象ではないはずだ。逆に本来いるはずのジークはいないし変な感じがする。

「ところで、ジーク様はいないのですか？」

「僕たちといるのに他の男の話？」

不機嫌そうな声でシオンが聞いてくる。私の質問にはフォルトが答えてくれた。

「こら、シオン。ジークはレーナ嬢の婚約者なんだから。そういえばレーナ嬢は最近乗馬クラブの見学に来ていないんだったな。理由はわからないけれど、ジークは当分休部するそうだ。シオンの乗っている馬は、ジークに許可を得て借りている馬だ」

今乗っている馬が似ているなと思ったら、ジークの愛馬そのものだった。

「まぁ、そういうこと。当分は僕が代わりに練習に貸してもらうことになっているから、会いに来たんだったら残念でした」

そう言ってシオンにベーっと舌を出された。

ジークが乗馬クラブを休部する？

女子生徒が乗馬クラブに来ていたところをみると、ジークが休部することはまだ周知されてないようだけど。

ゲームにこんなことなかったよね？

何かひっかかりを覚えるけれど。

一瞬引っかかったものの、フォルトが私の興味のある小説の話をしてくるから深く考えないことにした。

誕生日プレゼントにフォルトがくれた本には、乗馬のシーンがあるそう。

この辺はよく見ておいた方がいいとフォルトが言うので、私は真剣にあたりを見渡した。

そして、いわゆる聖地にいながら読む小説はきっと面白いはず！　と早速その晩小説を読み始めた。

さすがは人気作家と思わせる実力で、物語は特に違和感なく、舞台を学園都市に移した。

私も行きつけている学内のカフェでお茶をするシーン、よく見知った教室のことなどが出てきて面白い。

何日かに分けて読むつもりが、ついつい夜更かしして最後まで読んでしまった。

特によかったのが物語のクライマックス。学園にある時間を知らせる鐘のシーンなど、思わず、ほろっときてしまうほどよくできていた。

これだけ詳細に書けているのだから、絶対作者は学園の卒業者もしくは出入り業者に違いない。

読了したこの感動を誰かと分かち合いたい。

そしてこの作品の素晴らしさを布教したい。

そういえば、そんなに有名なら次貸してよ～ってシオンが言っていたわね。

シオンもこの小説の素晴らしさの餌食になるがいいわ！

あれ？　すっかり忘れてしまっていたけれど、教会をやめた後のシオンってどこに住んでいるのかしら？

私、あれ以来シオンに支援らしいことを何もしていない。

やばい……慌てて今更シオンのことを従者に調べてもらうと、シオンは今フォルトのところで厄介になっているらしい。

フォルトの衣装室を空けてもらい間借りしているらしく、後見人にこそなってないけれど、アンバーにいたころのように二人で結構仲良くやっているようでほっとした。

住まいがちゃんとあることがわかった私は、これで安心して小説の話で盛り上がれる！　と思い、メイドにお任せしてニコル・マッカートの小説をシオンに届けてもらった。

シオンに布教しておきながらも、誰かと小説と語り合いたい衝動は抑えられず、アンナとミリーを夕方に私の部屋に呼んで、小説の考察をすることにした。

「レーナ様、私はやはりこのカフェテリアでのやり取りがたまりませんわ」

ミリーも私同様、読みだしたが最後止まらなかったのだろう。小説をぎゅっと胸に抱いて楽しそうに語る。

「パーティーのシーンも華やかで素敵なうえに、キュンとしましたわ。華やかな場だからこそ、もどかしさがもうたまりません」

アンナがスッと立ちあがり、私達にむかって低めの声を作って言った。

「『君の姿を目で探していた』」

「「きゃぁあぁぁあ」」

思わずミリーと二人でキャーキャー言ってしまった。

アンナは中世的な顔立ちで、すらりとしていて身長もあるせいでしっくりとはまる。

ヅカっぽいというか、とにかくこういう振る舞いをすると華があって、ぐっと惹きつけられるのだ。

まさに小説の主人公っぽい。

それに引き換えこの乙女ゲームの攻略対象者たちときたら。

私相手にはちっともキュンとする要素がないし。

そんなことを考えながらアンナを見つめていた私は一つの天才的な考えを思いついた。

これは試さないといけない！

「ちょっと待っていて！」

アンナとミリーにそう告げると、部屋から出て慌てて私の部屋のお向かいにあるジークの部屋へと向かった。

はやる気持ちで扉をノックすると、ちょうど部屋にジークがいた。だから、制服の予備やサイズが合わなくなったものがあれば貸してもらえないかという交渉をした。

「……私の制服の予備を？」

にこやかな愛想笑いを張り付けたまま、ジークがちょっとだけ間をおいて確認してきた。

天才的なことを思いついたわ！　と突っ走ったのはいいものの、今更ちょっと説明に困る。

「ちょっと必要で」

「ちょっと必要になる場面があるとは思えないけれど」

ジークは笑顔を絶やさないけれど、わかる。

不審に思っているのだと。

「あっ、あるのです。今とか。とにもかくにも、一着貸していただければ全部全部うまくいくんです」

こうして、不審がるジークを熱意でねじ伏せ、私は学園の男子用制服を手に入れた。

あとはもうどうするかお分かりだと思う。

差し出した男子生徒用の制服。意図を瞬時に理解したアンナ。

制服を受け取り、私の衣装室に入ると、当然のように着替えて出てきた。

いつもは高い位置で一つにくくられた赤い髪も、衣装に合わせてスッキリと低めにくくられている。

豊満な胸も、私のメイドにさらしでも借りたのか見事に消えている。

「「おぉ～～」」

思わずミリーと二人で拍手を送ってしまう。

「私とお茶を飲んでいただけますか？」

アンナが低めの声で少し頬笑みながら私達二人にそう聞いてきたのだ。

「「きゃぁあああ」」

ミリーと悲鳴に近い歓喜の声を上げると、私達はキャッキャとより一層盛り上がった。

「アンナ、私あなたにこんな才能があるとは気がつきませんでした。ねっ、ミリー！」

「これは男装の麗人ではありませんか」

「二人に喜んでもらえて嬉しいよ」

アンナは得意げにそう言うけれど、それがまたきまっていてたまらない。

女性が男性に扮していることで、この年齢の男子には出すことのできないどことなくミステリアスな雰囲気と変な色気が醸し出ているのだ。

それになんといっても、中身は恋愛小説が好きな女の子。

何をすれば女性がキュンとくるのか、女心を知り尽くしている。

ここに乙女心がわかりすぎる新しいイケメンが誕生したのだった。

小説の読者でもあるアンナは、気配り力が高く私達が望むように動いてくれる。まさに、イメージ通り。

しかもちょうど良いことに、今回の小説のモデルは王立魔法学園だから、学園のあちこちが小説の聖地になっている。

カフェテリアで絡まれるヒロインをスマートに助ける主人公。

人目をしのんでこっそりと夜の乗馬場での時間を惜しむように過ごすシーン。

シンデレラのように、学園の鐘が別れの時間を告げる切なさ。

理想の主人公とあちこちでロケしてあれもこれも再現したいという強い衝動に駆られてしまう。

でもダメだわ、アンナは貴族の令嬢。

男装して遊んでいることがばれてしまっては大変だわと心の中に葛藤がおこる。

私からロケを提案すれば、アンナはきっと首を横に振ることはないだろう。けれど、本当は嫌なのに断れないだけかもしれない。

ものすごくもったいないけれど、ロケは無理。

「これ、お化粧でもっと寄せることができるんじゃないですかね？」

しかし、ミリーがそう言って、ノリノリでアンナに化粧をした結果――

非の打ちどころのない理想のイケメンが完成してしまった。

困ったように、『これはやりすぎよ』なんていつものように言うアンナだけど。

それはもうキラッキラしていた。

ここまで完成されたイケメンが出てきてしまうと……

私とミリーでは並ぶとなんとなく釣り合いが取れない。

私にはあれほどのイケメンが惚れこむような要素が自分で言うのもなんだけど——ない。

家柄だけ◎の私ではどう考えても釣り合いが取れない。

そう思ったのは私だけではなかったようで、ミリーも同意見だった。

「ここまで仕上がってしまいますと、私達ではちょっと釣り合いが」

「……ミリー!?」

レーナも釣り合いが取れないと暗に失言をしたミリーを、アンナがいつものように咎《とが》めて困ったように私に笑いかける。

うっ、顔面が強い。

ミリーの言う通り、私達ではとてもじゃないけれど釣り合いが取れない。

なんていうか、このイケメンが一目で恋に落ちるような目を引く容姿が足りないのだ。

それに、彼のような人にはさまざまな魅力を持つ女性がそれはもうたくさん寄ってくる。

イケメンはそう簡単には手が届かないというのがお約束なのだ。

実際、パーティーのフォルトやジークは人だかりができてひどいものだった。

そんなイケメンを手に入れる……いや、翻弄して相手から追いかけさせるくらいの小悪魔的な要素が女の子には必要だ。

　アンナがせっかくここまで仕上がっているのだから、こうなったらそんな女の子と絡んでいるところが見たい。

　ということから、アンナには部屋で待っていてもらって、私とミリー主導で、男装したアンナと並んでも見劣りしない女子生徒探しが始まったのである。

　しかしこれが難航する。

　化粧でゴテゴテは即却下！　化粧をしたら綺麗な女性はあれほどのイケメンの周りには当たり前に集まってくるものだ。

　ジークの周りを見ていたらわかる。化粧で綺麗にした女性では素が綺麗な女性達の中で埋もれる。

　私達が探しているのは、パッと目を引くような容姿をした女の子。

　それでいて儚《はかな》げで守ってあげたいような感じで、中身は彼を振りまわせるような小悪魔的な猛者《もさ》。

　都合よくそんな人材いるはずもない。

　年上の先輩になれば、色気を醸し出している方もいたけれど、アンナ演じるイケメンと並ぶとトウが立つ。

「レーナ様、もう理想のヒロインは学園にはいないのでしょうか……」

「実に残念だわ、アンナがこれほど素敵な相手役になれたというのに」

「こんなに喜んでもらえるとは思いませんでした。二人ともまた来年新入生が入ってきたら……」

　私の部屋に帰ってきて、アンナが諦めの言葉を口にしたその時だった。

「もう、何この本。好きなら好きって言えば三日もかからず終わるじゃん！」

私の部屋にお客さんがやってきたのだ。

ジレジレの本に対して、さっさと告白して終われと元も子もないことをぶっこみながら入ってきた人物。

透けるような白い肌、顔は不機嫌さを隠そうともしていないけれど、とがった唇は朱色、瞳は大きくまつ毛も長く自然と目が行く。

見た目とは違い、キモの座った中身の持ち主。

思わず三人で顔を見合わせてしまった。

「「「い……」」」

「何？」

たじっと後ろにシオンが下がる。

「「「いた！！！」」」

「はぁ？　ちょっと何？」

「シオンこちらに、大丈夫です痛くなどありませんから」

手をワキワキとして思わずじりじりと歩み寄る。

「えっ、何？　何なの？」

本を両手で抱えたままシオンは、本能的に後ろにじりじりと後退する。

「ちょうど少し大きめの予備がありますから、急いで部屋からとってまいりますね」

ミリーが何も言わずとも自主的に部屋に戻る。

アンナと私で手を広げてシオンが逃げないようにする。

「何事なの？　何をしてほしいかくらい言ってよ、ニコニコしながら通せんぼされると怖いんだけど」

シオンが珍しくタジタジで私とアンナを交互に見る。

「取ってまいりました！」

ミリーがそう言って部屋に戻ってきて制服をひらりと取り出す。

「……冗談でしょ？」

その制服を見て、シオンは私達が何を望んでいるか理解したようだ。

「ほんの少しでいいのです」

そう言ってジリジリと迫る。

「嫌」

シオンの視線が一瞬窓に向かったのを私は見逃さなかった。

「シオン逃げないで」

強く発したその言葉は血の盟約によりシオンを縛る。

春にシオンが私に信用してもらうために結んだ血の盟約という契約は、主従関係でもかなり強い効力を持つものらしい。

魔力がほとんどない私には、すべての力を使いこなすことはできないから、危ない時に盟約者に居場所がわかるってのと、対面で強い気持ちで命令を下すと、制限をかけられる程度のことしかできないのだけれど。

今ばかりは盟約がかなりの効力を発揮した。

身体強化しようとしたシオンの体に私から静止の命令がかかり、本人の意思を無視して体を停止させる。

といっても、私は強い魔力があるわけではないので、私の命令に反してシオンは動くことはできるっちゃできるらしい。ただ、主人を害する行動をしたり、命令に背くとペナルティーが一応あるらしく。

ペナルティーと天秤にかけたら、今回は命令に背くほどのことではなかったようでシオンの動きが止まった。

「では、ミリーはアンナの準備を手伝ってあげて」

「わかりましたわ」

アンナとミリーは私の衣装室に。

私は制服をもって、嫌がるシオンを引きずって寝室の鏡台へと連れていく。

「さぁ、ここまで来たら観念して脱いで頂戴」

ついつい手がワキワキとしてしまう。

シオンは珍しく動揺した顔で首を横に振る。

「私がお手伝いして着替えさせるのと、自分で着るのとどちらがいい？」

　そう言うと、シオンは私が持っている服をひったくるように奪い、躊躇することなく私の前で豪快に着替え始めた。

　一度腹を決めたら潔いものだった。

「ほら、着たよ。これで満足？」

　思った通りだわ。

　美しさの中に一筋縄ではいかない芯の強さが見える。

　でもこのままではいけない、まだ男の子の雰囲気が残っている。

　私はシオンを鏡台の前に座らせると、簡単な薄化粧をほどこした。

　肌が無駄に綺麗ね……手入れとかしているのかしら。

「もういい？　今度こそ満足した？」

　シオンがそう言ってこちらを向く。

　その顔はいかにも不機嫌ですと言わんばかりであるが、それも映えている。肌が綺麗だからホンの少し頬にチークをいれ、アイラインを引き、無駄に長いまつげを上げただけであるが実にいい出来である。

「待って。最後に紅をさしたら終わりですから」

「まだやるの？」

　もう勘弁してとシオンが両手で防御する。

「これだけでもう本当に終わりですから、この筆でちょっと唇に色をのせるだけですから」

お気に入りのだ、といっても毎日使うわけではなく、顔色の悪い時やパーティーのときほんの少し塗られる程度だけど。

「それベタベタしそう……アンタも本当に普段からつけてるの？」

「えっと、たまに？　あっ、今日はちゃんとつけておりますよ」

嘘だ。……本当は、今の年齢で化粧をすると肌によくないからと普段は塗っていない。

「絶対嘘でしょ、それ。まぁいいよ、レーナ様はつけてるんだよね？」

抵抗していた手が、今度は筆を握っている私の手首を掴む。

引き寄せられてもう彼と何度目かわからないけれど唇が重なる。

「おいーーーー!!」

そう言う私とは対照的に、シオンは一言も発さずそのまま鏡のほうを向くと、キスをしても移るはずのない色を確認した上で口紅を全体に伸ばすしぐさをした。

「うーん、どう見てもついてないような気がするけれど。レーナ様は塗ってたんだから僕も塗れたよね？」

「あの……」

「ね？」

ニッコリと笑っているけれど、私に対して黙らせようとする目力がすごい。

「はい」

私はその目力に負け返事をした。

「あのさ、髪が短いからやっぱり無理があるんじゃない？」

ショートカットの美少女の完成……と思っていたけれどやはり髪が短いのはこの世界では問題があるようだ。私にすると十分女の子に見えるけれど、シオンにしたら髪が短いことで明らかに男装じゃんと思う仕上がりらしい。

ハァと一つため息をつくと、シオンは観念したのか、そのまま私よりも先に寝室から出ていった。

では本日の一番やりたかったことをやりましょう。早速シオンとアンナに並んでもらう。

身長差といい、絶妙である。

「あとは髪が長ければ完璧ですね」

ミリーが真剣な顔をして、二人を見てそう言う。

「髪が短くても可愛いと思うけれど……」

元の世界だったら可愛すぎて、男の子ですと言わない限り、女装しているとわからないと思うんだけど。そこは文化の違いかしら。

「髪が短いということは、髪を売った後ということであまり周りの人はいい目で見てくれないのです。娘の髪すら売らせるほど困窮していると思われるので、平民であっても短い髪の女性というのはほとんどおりません。とはいえ、他の国では短い女性もいらっしゃるそうですよ。病気で髪を失った人用のカツラのために地毛を提供してくださっているのだとか……それでも短い髪の女性には抵抗がありますわ」

髪が短いことはそんなに駄目なのね……、髪が短い人がいないなぁと思ったけれど。そういうことだったのか。

そんなこんなで目が死んでいるシオンとノリノリの私達でキャッキャとした。

「二度とこういうことには巻き込まないで、もう二度とだよ！　こういうことで使うなら盟約のことも考えるから」

そう言って疲れた様子でシオンは化粧を落とし去っていった。

本を返しに来ただけでひどい目にあったシオンが少しだけ気の毒な気もする。

ずいぶんと遊ばせてもらったから、今度疲労回復になる何かを送ろうかしら。

そういえば、シオンはあまりお茶を飲まない。

高級な茶葉は、元神官のシオンには慣れない味なのだろうか。

それでもごめんねの気持ちを込めてシオンに何か贈りたい。リオンにハーブティーについて教えてもらおうかなと、私は医務室に向かった。

しかし、今日が休日だったこともあって医務室の明かりは消えていた。リオンは留守にしているようだ。

あら、空振りのようね。小腹がすいた気もするから、いればお茶菓子の一つか二つごはんの前につまもうと思っていたのに。

一応確認のために扉を触ると、なんと鍵は開いていた。

すぐ戻ってくるつもりで施錠してないのかしら？　なら、中で待たせてもらおうと私は医務室に入った。

ぼんやりと棚を眺めていると見たことのある封のものがある。

朱封蝋《しゅふうろう》だ。

私も使ったことがあるからおそらく間違いない。

朱封蝋とは家紋の直系だけが使うことができる魔道具で、宛名以外の人が封を開けることができなくなるという優れものである。

リオン宛の朱封蝋で封をされた手紙……一体中には何が書いてあるんだろう。

ちょっと好奇心が湧いた私は、ちょっとだけ……とそれに触れた。するとなんと手紙がちょうど開封してある。さらに好奇心に負けた私は、少しだけ中を見ることにした。

てっきり、父である公爵から私を監視する命令が描かれているのかと思いきや、どうやら何かの報告書みたい。

パラパラと眺めると、どうやら夏休み中のアンバーの事件の報告書のようだった。

捕まえた人の名前、教会での役職、現場ではどこにいたか、今の処遇など実に細やかに書かれていた。ただ一人を除いて。

そのただ一人というのは、クライストの魔法省で私とシオンを襲った男だった。

さらに、男の欄には服毒により死亡と書かれている。

その他に、男は魔法省の制服を所持していたこと。

捕まえた教会の関係者に死体を見せたが知り合いではないと回答した、ということなどが報告書にまとめられていた。

最後には、服毒されたせいでわからないが、それなりの技量を持っていたことから、教会とは無関係な人物と思われると締め括られていた。

私に襲い掛かったのは、教会とは無関係の人間だった？

でも、個人的に私に恨みがあったとは思えない。

書類を持つ手が震えて、書類が床にパラパラと落ちる。

まずい。拾ってもとに戻さなきゃ。

慌てて拾い、封筒にしまおうとワタワタしたところで走ってくる足音が聞こえた。私は慌ててベッドの下に入った。もたついて封筒に戻しきれなかった書類ごとだ。

「くそっ、あのアマ」

不機嫌なリオンの声だった。

私には見せたことないくらい口調が悪い、こちらが彼の素なのだろうか。

扉は開けられたままで、リオンは地面に散らばった書類に気がつくと、すぐに走ってきてそれらを拾う。

ページを数えているが、私が何枚か持っているから当然足りない。

ヤバい。とっさに隠れてしまったけれど、リオンの機嫌も悪そうだし出ていける空気ではない。

音をたてないように様子を窺う。

ジャラリと音がしてリオンがポケットから懐中時計を取り出した。

「十分の間にやられたか……。生徒は囮役でもしていたのか………」

そう呟くと足早にリオンは医務室を後にした。

よし、怒られるのはごめんだから……出直そう。

私は今日ここには来なかった！

幸いリオンは朱封蝋を置いて行ったから、戻しておけば完全犯罪に……ってリオン残りの書類と封筒をまとめて持って行っちゃった。

この書類どうしよう……

今ならまだリオンに追いつけるはず。

この際怒られる覚悟でリオンを追いかけて声をかけるか……と扉に手をかけたけれど開かない!?

施錠されている。しかも内側から開かないタイプだ。

「え!?　嘘」

落ち着け私、ここは一階。

私が出られるサイズの窓もあるから、そちらから出ればいいのよ。令嬢は窓からは出られないだろうけれど私は違う。

私は窓からも出る！

かつてもっと高いところの窓？　から外に降りたことだってあるんだから。

そう思って窓に触れると、よくみるタイプの窓の鍵だった。だからすぐに開けられたけれど、窓は開かない。

鍵は間違いなく開いているのに、窓が開かない。

「は？　え？　なんで？」

がたがたとゆすってみるも窓はちっとも開かない。

窓を開けることを阻害している物がないかよく確認したけれど、やっぱり開かない。

――待っていればリオンは帰ってくるよね？

あきらめて先ほど抜き取ってしまった書類を片手に持ったまま、どうしたものかと医務室のベッドに横になった。

リオンが部屋を後にして十五分ほど時間が経っただろうか。

扉を誰かが触った気配がした。

ああ、早めにリオンが戻ってきてくれてよかった。一晩閉じ込められたらどうしようと思ったけれど帰れそう……と扉越しに声をかけようとしたけれど、一度とどまった。

鍵のかかっているドアをそのまま開けようとしたのか、扉がガタッと音をたてたからだ。

ドアは私も確認したけれど、施錠してあるため当然開かない。

リオンであれば、きっと鍵をかけていたことに気がついたとしてもすぐ開けて入ってくるはずなのに、医務室に入ってこようとしている人物は鍵をすぐに開けない。

つまり扉の向こうにいる人物は、リオンではない⁉

気がついた私は、慌ててベッドの下に書類と共に隠れた。

今気がついてもらえなかったことで閉じ込められたとしても、明日の朝にはリオンも業務があるから開けるだろう。命大事にである。

ドアはホンの少しガタガタされたあと、一瞬外が光って開いた。引き戸がカラカラと開く音が室内に響く。

私はベッドの下で息をひそめた。

入ってきた人物は迷うことなく、先ほど私が見た書類が入っていたあたりを漁《あさ》る。

ベッドの下から覗き見ると、男子用の制服が見えた。

これで、部屋に入ってきたのはリオンではないと確定した。

何かを探しているようだけど見つからないみたいね。

もし探しているものが先ほど私が見つけた書類なら、一部は私が、残りはリオンが持って出ていってしまったからこの部屋にはない。

とりあえず書類を四つ折りにして、スペースに若干の余裕がある貧相な胸元にねじ込んで隠す。

あとは、ばれずに相手の顔が見られたらと窓を見た。

窓ガラスにちょうど棚を漁《あさ》る人物が映った。

銀の……髪。

銀の髪で学生服を着ている人物——

一人思い当たる人物がいて、慌てて首を横に振った。

違う人違いよ。まだ顔を見てないからよく似ている背格好の人よ、なんて私は無意識に自分に言い聞かせていた。

もしかしての疑惑を晴らすためにも、窓ガラスに顔が映らないかと私はガラスを真剣に見つめた。

するとちょうどよく、棚の下を探そうとしたのか屈んだ男の顔が一瞬ガラスに映った。

それは間違えようのない人物だった。見たことのない必死な形相で何かを探す人物。

その髪の色は学園でも少ない銀の髪で、一度見たら忘れられないほどの整った顔立ち。

ジーク・クラエス――私の婚約者だった。

「さすがにここにはないか……」

棚を一通りチェックしたのか彼はそう呟いた。私が聞きなれたその声で。

どうして？　何をしているの？

そう呟きそうになるのをグッと堪える。

出ていって大丈夫？　本当の本当に大丈夫なのか……

棚を漁《あさ》る顔は見たことがないほどに必死だった。

ジークのそんな顔、見たことが一度もなかった。

ゲームですらただの一度も。

夏休みの間あれだけ一緒にいたというのに彼を信じていいのか不安で、私は胸元に揺れるラッキーネックレスをいつものように握りしめた。

ジークは何事もなかったかのように部屋を後にしようとした。

しかし、私はついてなかった。

部屋を出る前にジークがもう一度部屋を見渡したのだ。

ばれませんように！

身体をできるだけ小さくして、私はベッドの下でただそれだけを祈った。

しかし祈りは届かなかった。入り口からゆっくりと足音がベッドへと近づく。

鼓動が速くなるのがわかる。

足音がベッドの横で止まる。駄目だ……ばれている。

どうする、どうしたらいいの。

「女子生徒か……」

ジークがそうつぶやいた。ごっこ遊びの関係で、休日にもかかわらず私も今日は制服を着用していたんだった。

しっかりとばれている。

「ねぇ、そこから出てきてくれるかい？」

その声は先ほどの必死さなどみじんも感じさせない。ひどく柔らかに甘く私に語り掛けてくる。

まるで私に好意的な関心があるような声色だけれど。

いやいや、これどう考えても罠のパターン！

さすがにこれが罠だってことが見抜けないほどあほの子じゃない。

でも罠だとわかっているけれど、今の私には出ていく選択肢以外何もない。

「警戒しなくてもいいよ。私は先生から取ってきてほしいものがあると頼まれただけなんだ。だからそんなところに隠れてないで出てきてくれるかい？」

いやいや、絶対頼まれてなんかないでしょと思うけれど、それを言うわけにもいかない。

「今は君に危害を加えるつもりなどない。名前にかけて約束しよう。これなら大丈夫だろう？」

付け加えられた言葉に少しだけ迷った。

前回約束した際も、確かにジークは約束を守った。

とりあえず、『今は』というところがかなり引っかかるが、今出ていった際に、危害を加えられることはないだろう。

今後『は』どうなるかわからないけれど。

私は意を決して、ジークが立っていない側に這い出た。ついでに無害の証明といわんばかりに両手を顔の横に上げる。

「っ……」

ようやくベッドの下にいたのが誰かわかったのだろう、ジークが息を呑んだ。

「問答無用で攻撃しなくてよかったですね。私に危害を加えれば、すぐにリオンがすっとんできたでしょう」

とりあえず、今攻撃したらリオンがくるぞと必死に匂わせ、私はジークを見つめた。

「レーナ……ここで今、君には逢いたくなかったよ」

「どういう意味かわかりかねます、ジーク様」

「場所を変えようレーナ」

「いえ、その必要はありません。ジーク様がリオンに頼まれて何かを取りに来たのを私が偶然目撃しただけですから。理由もわかりましたし、場所を変えてまで話すことなどありません。では」

さてと扉も開いているし。トンズラしよう……と、足早に医務室のドアを開けて廊下に出たけど。

私がこのまま寮に帰れるなんてことはやはり許されなかった。

「レーナ……。すまないが君はこのまま帰せない」

乙女ゲームとしては聞きたいセリフだけれど、今こんな状況で言われると意味が違ってくる。

「なぜですか？　なんの問題もないではありませんか。では」

なるべく平静を装い強い意志で帰ろうとするけれど、ジークが私の腕を掴んだ。

「とぼけても駄目だということはわかっているだろう？」

聞きなれた彼の声なのに、ゾクリとした。

怖い。逃げ出したいのに、逃げ出せない。

私の腕を掴んでない手が私に伸びる。思わず怖くて目をギュッとつぶる。

指先が私の頬をそっとなでる。

攻撃してくるわけではなかったのかと目を開けると、まっすぐに私を見つめる碧《あお》の瞳と目が合った。

ジークはたいてい張り付けたかのように愛想笑いを浮かべている。

だからこそ、無表情の今はあまりにも整い過ぎた顔のせいで人形のようだ。

そっと頬に触れる指先からは、ジークの気が変われば私一人どうこうすることなんて造作もないと言われているように感じた。

抵抗などできなくて、ジークに手を引かれるままついていく。

どこに行くのだろうと思えば向かう先は図書館だった。彼が私とどこでお話ししようとしているかわかってしまった。

図書館にある、通称『秘密の部屋』だ。

ゲームを進めていくと、主人公にも入り方がわかる。だけど今はゲームのかなり序盤だ。秘密の部屋への入り方を知っている人間はジークの他にはいないんだろう。

絶対に助けなど来ることのない秘密の部屋で、ジークと二人きりになどなりたくない。

図書館へ入るわけにはと私が歩みを止めると、前を歩いていたジークが振りかえった。

「危害を加えるつもりはない。ただ確実に二人になれる場所で話をしたいだけだ」

そう言われると、私には力もなく、魔力もない。彼の自己申告を信じて後ろをついていくしかない。

トボトボと足取りは重い。

図書室の秘密の部屋の入り口でジークが足を止めた。

すでに何度も出入りしていたのだろう、ジークは慣れた手つきで本の背表紙を順番に触れた。

「我真実の探求者なり」

ジークが合言葉を言うと、秘密の部屋に私達は転移した。

本当に二人きりになってしまった。

私達しか入り方を知らない秘密の部屋で。

「二人きりだね、レーナ」

ひどく甘いはずのジークのセリフに背筋が凍った。

甘いセリフだが、言葉に込められた真の意図がわかってしまう。

逃げ場などないと……

万が一ここで殺されたら、いったい誰が私を見つけてくれるというのか。完全犯罪になってしまう。

怖さで腰が抜けた私はその場でへたり込んだ。

優雅な動作でジークが私との距離をつめて屈むと、目線を私へと合わせる。

「覚えているかい？　始まりは以前ここで君と二人きりになったときだったね。レーナ」

「確かに以前ここでジーク様にお会いしましたが、何の始まりか私にはおっしゃる意味がわかりません」

一体彼は私と何の話をしたいというのか。沈黙することが怖くて何とか彼との会話を続ける。

会話が止まってしまえばどうなるかわからないことが怖かった。

ジークとは夏休みかなりの時間を不本意ながら一緒に過ごしていたというのに、今は彼が何を考えているかさっぱりわからない。

「あの時ここで出会ったのがレーナだと知って私はとても驚いたよ」

「あら、縦ロールではなかったからですか？」

軽口を叩いてなるべくこの張り詰めた空気を何とかしたい。

「あぁ、もうあの髪型ではないんだね」

ジークのせいであの髪形だったというのに。

ジークはへたり込んだ私を見つめると、下ろしてある私の金の髪を一束すくいとる。

しかし手入れの行き届いた髪はジークの手からサラサラとすり抜けた。

そんなことにかまわず手からすり抜ければすくい上げることを繰り返し、ジークは私の髪を利き手でもてあそびながら話を続ける。

「私のことを追いかけるだけだと思っていた君が、別のことを目的として動いていたとは考えたこともなかった、あの時は。でも、今は違う。君は何の目的があって医務室にいたんだい？」

シオンに送るハーブティーのことを聞きに行ったというのが真実だけれど。

それで納得してくれる雰囲気ではなさそう。

一体何なの？

ジークがこういう行為に及んだ理由を考えてみるけれど、思い当たることが一つもない。

「……」

「あの部屋は魔石を使った特殊な鍵で施錠されていた。リオンは改装と軽く言っていたけれど、あの部屋は牢のようになっている。一度入り口が施錠されれば窓も開かないし、割れない。あそこを破るために私はずいぶんとこの秘密の部屋に通ったものだ。施錠されたあの医務室の中にいて、目的もないだなんてことは通用しない」

ジークはそう言うと、床に積み上げてあった本を一冊私に差し出した。国語辞典ほどの厚みのある本はずしりと重い。

よく見れば、秘密の部屋の中には以前とは違い、国語辞典ほどの厚みの本があちこちに積み上げられていた。

「この場所を私に教えたことは失敗だったと思っているかい？　ここは本当にすごい。知りたい知識が探せば大方手に入るからね。身体を張ったかいがあったものだ。君もこれを読んだのだろう？」

おそらくこの本には、医務室の魔石でできた鍵を破る手段が書いてあるのだろう。

なぜジークは乗馬クラブを休部したのか理由が今わかった。

ジークは、リオンのいる医務室を開けるためにここに通っていたのだ。

しかしほんとになんでもあるわねこの部屋……

ページをめくると理論なのか方法なのかがびっしりと細かい文字で書かれている。

私にはまったく意味のわからない言葉と理論が羅列される本を読んで、よくもあの部屋を解錠できたものだ。

この本の厚みというのは、あの鍵一つを開けるために必要な知識の束なのだ。

うん、こんなのワカンナイ、わかるわけない……！

ジークは買いかぶりすぎだわ。

私のテストの成績を今一度よーーーーーく思い返してみてほしい。

「手紙が今日届いたときは焦った。おそらく目を通した後は処分されるか、学園の医務室になんか置いておかないだろうし。あの鍵は何度か彼が不在の時に解錠に挑戦したけれど一度もこれまで破れなかったから」

ん？　そこで私は気付く。

ジークから見たら、今の私って、何度も破ろうと挑戦して苦労してやっと破った部屋に、朱封蝋が届いた日、リオンがいないタイミングでジークよりも早く医務室にシレッと侵入し、他の人が入ってこられないように鍵を施錠しなおして部屋に潜伏してたようではないか。

私の背中を嫌な汗が流れる。

「まって、一部誤解が……」

「誤解？　私は氷と相性のいい魔力だったことを利用して迷路のような鍵穴に魔力を流し込み、氷を作る要領で魔力の形を安定させ鍵穴と魔力を一致させてなんとか解錠した。魔力の大半を解錠に使用してね」

そう言われてみると、いつもならば有無を言わさず抱き上げて連行されたかもしれないところを、今日は手を引かれるだけだった。

私と違い、彼は表情を取り繕うことが上手いから気がつかなかったけれど、よく見ればジークの額には汗がにじんでいる、魔力切れの兆候だろう。

秘密の部屋に入る前にジークが万全のコンディションではないことに気付いていれば、隙をついて逃げだせたかもしれなかった！

しくじったと思ってももう遅い。

少しでも情報の欲しい私は、腰が抜けて起き上がれないながらもジークを見つめて何かきっかけを探す。

「君が閉じ込められたという学園の端にある塔を見てきたよ。どうやって逃げたのか興味があったからね。見てすぐにわかった、蔦を成長させて足場にして降りたんだろう？　感心したよ。鍵穴の迷路も蔦を伸ばす要領で魔力を伸ばして鍵穴に合わせて解錠したのかな？」

　そう言ってジークが微笑む。

「あの鍵穴の中にはたくさん枝分かれする魔力線が張られていて、私にはどれが鍵の解錠に必要な魔力を流す線か、どれがフェイクなのかわからなかったから、すべての線に魔力を流し込んで無理やり開けた。けれど。君にはその違いがわかった。だからあの鍵を破ったにもかかわらず魔力切れになってない。そうだろう？」

　真剣に、すごーーく真剣に考えてくれたのだろうけれど全然違う！

　行ったらたまたま鍵が開いていて、たまたま書類を見つけて、たまたまヤバいと隠れたら中に閉じ込められただけなのだ。

　シオンの言葉を借りるならば、こんな状態のジークに見つかるところまでセットで私は変にツイていないだけなのだ。

　私はなんて答えたらいいのかわからず沈黙する。

　ジークは、黙り込んだ私を見てもう一度聞いた。

「どうかこの質問にだけ答えてほしい。君が来た時部屋に朱封蝋をされた封筒はあったか？」

封筒はリオンが持っていってしまったけれど、その中に入っていた書類の一部は思いっきり、私の胸元に四つ折りにして隠してある。

……こんなことならばサッサと戻しておけばよかった。

封筒の行方が聞きたいわけではないことくらいわかる。

「……ございました」

「中は？　中を見たのか？」

私の答えを聞いて、ジークが私の両肩を掴み私を揺さぶる。

顔は必死。それほどまでに中に書かれた情報を知ろうとしているのがわかる。

「おち……おちついて……そんなに揺さぶったら……きもちわる…く」

デリケートなレーナの身体が悲鳴をあげる。

慌てて私は吐いたりしないように口元を手で覆う。その様子をみて、ジークがゆするのをやめた。

クライストの魔法省で捕縛と書いてあった男。

服毒死してしまったため、細かい情報はおろか、名前すらわからない。

魔法省の制服の入手経路も割れてない。

今まで見て見ないふりをしていたけれど、ジークのふるまいには不自然で引っかかる点が多くある。

あれだけ要領よく物事をこなすジークが、いくらなんでも婚約者であるレーナの顔を覚えていないなどというのはあまりにも不自然だ。

　どうして私も書類を見ておかしいと引っかかった情報をジークは知りたいのだろうか。

　魔力の大半を使うという無茶をして鍵を破ってまで……

「えっと、アンバーでの事件の際に捕まった人物の名簿が入っておりました。名前や事件当日どこで捕縛されたか、後は教会での地位などといったところですね」

「不審な点はなかったか？」

「不審な点の心当たりがあるということですか？」

　よくないと思っていても私はついカマをかけるとジークが押し黙った。

「心当たりがあるようであれば、覚えていることくらいなら話してもかまいませんが？」

　私はそう言ってジークの出かたをうかがった。

「心当たりはある」

　短くそう答えられた。

「そうですか。一人だけ教会の人間ではない人物がいたようです。クライストの魔法省で私を襲ってきた男です。彼は服毒死したため身元が割れなかったと記載されていました」

「それだけか？」

「残念ながら、今覚えている限りでは」

　シオンは、教会に好きで縛られていたわけではなかった。

　フォルトも、直系のレーナとの扱いの差という、家に帰りたくない正当な理由があった。

　そして、在学中一度も家に帰らないジーク。

彼も何か乙女ゲーム内では明かされなかった秘密があるのではないか、そう頭によぎる。

私はゲームのヒロインとは違う。特別な力も持ってないし、何より恐怖に立ち向かう勇気がない。

何も聞かなければ、これまでのようにアンナとミリーと一緒になって、おいしい食べ物を楽しみながら恋愛小説の話で盛りあがったり、イケメンにキャーキャー言ったりする楽しい毎日が待っている。

ジークが何にやきもきしているのかわからない。

でも、それ以上勇気の出なかった私は言葉を濁し、沈黙した。

するとそれ以上私から得られるものがないと思ったのか、ジークは部屋に私を送ってくれた。

まぁ、部屋がお向かいになったから、ジークも自分の部屋に帰るついでなのだろうけれど。

夜も遅かったことで当然私の部屋ではメイドがひどく心配していたし、私を捜してくれた人もいたようだ。

フォルトにシオン、リオンも私の捜索に加わってくれたようで皆から怒られた。

そんな状況でジークがしれっとこう言ったのだ。

「連絡なく遅くなってしまい申し訳ありません。一緒にいた私のミスです。事件の当事者になったことで少し相談を受けていたのです。悪いのは時間を考えなかった私なので、レーナを責めないでほしい」と。

もう、空気を吸うように嘘で取り繕うのが上手である。

私はうっかり顔に出そうになるのを耐えた。

私が大きな事件に二度も巻き込まれ、学園で二度攫われ、目の前で人が氷漬けになるのを見たということは皆知っていたため、何も詮索してこなかった。

疲れた、すぐに寝たい。肌のお手入れもそこそこに、ベッドに横になる。

しかし、すぐにでも寝ないと朝になってしまうと思うのに、寝ることは許されなかった。

まだ、暑いからと開けていた窓から訪問者が現れたのだ。

せっかく部屋を移動したというのに、窓は出入り口じゃないってーの！

公爵令嬢の寝室だぞ、セキュリティー考えてくれまったく！

「こんな時間に何の用です？」

明かりを消してそう時間が経ってないので、目が暗闇に慣れてない。

月も雲に覆われているのか、月の明かりは部屋に差し込まず、室内は暗い。

響いたのは、聞き覚えのありすぎる声だった。

「ごきげんよう、レーナ様。いくら高いところに部屋があるからって、窓を開けたまま寝ちゃうのは物騒だよ」

トンッと何の躊躇もなく、影はこの時間に女性の寝室に入ってきた。

「はぁ、シオン。普通の人は窓から出入りしようとは思いませんよ。もう今日は眠いので明日にしてください」

そう言って、柔らかなタオルケットを被る。

「用があるから来てるに決まってるじゃん」

「ちょっと！」

タオルケットが一気にめくられたのに抗議する。

さすがに私だってまだ子供とはいえ女性である。

これはさすがにと体を起こして私は固まった。二人分の体重でベッドが軋む。

暗闇で彼の表情は見えないけれど、私の足を踏まないように上に跨《またが》っているのはわかった。

嫁入り前の乙女に何てことしてくれてんだ。

「シオン……あのねぇ。こういうのは女性にしたらダメなのよ。まったく、もう何の用なのよ、こんな時間に」

「ねぇ、ジーク様にした相談って何？」

そういう体《てい》になっているんでした。

「まぁ、いろいろ……です」

眠さもあって、答えがつい適当になってしまう。

「……めんどくさくて適当に答えてるでしょ」

私の心をズバリと見透かされた。

「もう、わかったから日を改めてください。とにかく明日は学校があるから寝かせて」

投げやりな私の様子に。シオンはきっと機嫌の悪そうな顔をしていると思った。

しかし、闇に慣れた私の瞳がとらえたのは、寂しそうな顔だった。

「どうしたの？　何かあったの？　そんな顔だとまるで私のことを心配しているみたいじゃない」

私がシオンに質問する。

シオンの顔が一瞬で寂しそうな顔から、いつものムッとしたときの顔に戻る。

「あのさ、僕を本当になんだと思ってるわけ。血も涙もない悪魔だとでも思ってんの？」

シオンの手が私の背に回る。

シオンが膝立ちのままのため、私の顔が彼の胸元に埋まる。

「心配した」

小さな声で告げられた言葉は私を心配するものだった。

いや、確かに巻き込まれる、攫われる、吹っ飛ばされる、吹っ飛ばされて地面を無様に転がる、剣が突き刺さる、拘束される、魔力切れで倒れる……とこの短期間でいろいろありすぎて心配かけっぱなしだった。

今回もきっと、シオンだけではなく皆私のことを必死に探してくれたのだと思う。

ジークのおかげでうまくごまかせてよかったと思っている場合ではなかった。皆に多大なる迷惑をかけていたのだ。それを眠いからと、部屋までわざわざ来てくれて、口は悪いけれど心配してくれたシオンにたいしてひどい態度だった。

「心配かけてごめんなさい」

「ほんとだよまったく。弱すぎて使い物にならないんだから、やばいことに首を突っ込まず、ポンコツはあの焦《じ》れ焦《じ》れの恋愛小説でも読んで、アンナ様とミリー様と一緒に理想のヒロイン探しでもしてればいいの。魔力使う間もなく瞬殺されたら、僕もリオンも助けに行けないんだから」

また、ポンコツって言ってるし。

シオンの体が私から離れる。

彼の手が私のよく手入れされた髪をそっと触る。髪はサラサラとシオンの手から零れ落ちた。

ジークもだけど、長いと触りたくなるのかしら？　とシオンの顔を見上げた。

不機嫌な顔で触っているのかと思ったのだ。

愛想笑いでもない、面白がっている笑いでもない、手から零れ落ちる私の金の髪の一本一本すら愛おしいと言わんばかりに甘く甘く彼は私を見つめていた。

私の視線に気がつくと表情はいつもの顔になる。

「…………シャンプーってさ、高いの使ってるの？」

「えぇ、まぁそれなりの値段のものだと思います」

という、まったく今回のことに関係のない話をした後、シオンは窓から去っていった。

暑いけれどまた予期せぬ訪問者が来たらたまったもんじゃないわ！　と私は窓をきちんと閉めて寝た。

二　推しに会えたら

次の日の放課後、私は医務室に行ってからのことをシオンに改めて話をした。

「ですから、ジーク様には何か秘密があると思うのです」

「はぁ……、あのさぁレーナ様。神は信じてないくせに教会にいた僕が言うのも何だけどさ、厄祓いとかしたほうがいいんじゃない？」

真剣な顔でシオンはそう言った。

「私自身も厄は祓《はら》っておいたほうがいいと思います……」

厄満載としか思えないことしか起こってないもの。

「とにかく、もう一度確認しておくけれど。レーナ様はこれ以上首を突っ込まないってことでいいよね？」

シオンの念押しに私は何度も頷く。

命は惜しい。

命大事にである。

少なくとも、ジークはゲームが終わる六年の卒業パーティーまではクライスト領には帰らず学園にいるのだから、まだ問題解決までの時間的猶予があるはず。

ジークの問題に向き合うにしても、実力が伴っていない一年生の今、不利な状況で向き合う必要はどこにもない。

ジークやヒロインが成長して強くなるゲーム後半。それまでにジークが抱えている悩みについていろんな人に話して一緒に解決するために動くことがベストだ。

同情したとしても、関わるべきじゃないことに必要以上に首を突っ込まない。

もう少し周りが強くなって、取れる選択肢が増えてからジークのことは考えよう。レベル上げしてないのに、いきなりボスに突っ込むなど自滅するだけだもの。見て見ぬふりをすることに少し罪悪感のあった私は心の中でそう言い訳をした。

とりあえず、今はこれ以上考えない、保留！

「じゃぁ、僕と約束して。『私、レーナはこのことに自ら首を突っ込みません』はい、復唱して」

「私、レーナはこのことに自ら首を突っ込みません」

「よろしい、んじゃ、レーナ様が厄介なことに首を突っ込まないためにも。はい」

そう言って、シオンは一枚の紙を私に差し出したのだ。

何これ？　と、紙に目を通して私は震えた。

それが一枚の原稿だったからだ。

ページの途中なのだろうが私にはわかる、これは私が集めているあの小説の続きではないか。

「シオンこれは何？　どういうことですか？」

「あっ、やっぱりそれ見ただけでわかるんだ。なんか落ちてたから拾ったんだよね」

私の興奮した様子とは違い、実に落ち着いた感じでシレッとしている。

「拾った!?」

「そうそう、……レーナ様に見せたら厄介なことになるかなと思って学生部に落とし物を届けて、拾ったこと自体黙っておこうと思ったんだけど。命に関わるようなことに首突っ込まれるよりはマシ。アンタの好きなニコル・マッカートはまだ学園にいるんじゃない？　拾った僕の代わりに見つけて返してあげなよ」

そう言って、ヒラヒラと手を振りながらシオンは去っていった。

目の前にある生の原稿用紙らしきものに目を通す。

途中なのが残念だけれど……。やっぱり学園都市にいたのか作者！

あんな素晴らしい物語をたくさん届けてくれてありがとうございます。

一目、一目推し作家に会いたい。

私の関心は、目の前の推し作家の原稿に注がれた。

これは、同じく読者の皆にも協力をして探してもらったほうがいいわよね。

これはアンナもミリーも大興奮間違いなし。私今も手が震えているもの。

——というわけで。

翌日、アンナとミリーの授業が終わったあと、医務室に集合をかけた。

リオンにおいしい焼き菓子を出してもらって、つい持ってきてしまっていた書類もコッソリと返して、書類うんぬんのことはなかったことにしておきましょう、そうしましょう。

おっと、フォルトも忘れてはいけない、彼も大切な読者仲間だ。

ジークはどうしよう……一応読者ではあるし、フォルトと同じ教室にいるわけで、私がフォルトにだけ声をかけてジークには声をかけないわけには……

ということで、とりあえずフォルトとジークに声をかけに行く。

フォルトは予定もないし行くとの返事。

ジークは『この招集はこの前のことに関係があるのか？』と聞いてきたので、まったくないと答えたところ優先したいことがあると断られた。

しかしこの分だと、シオンの言葉を借りるなら、ジークはきっと厄介事に首を突っ込むにきまっている。

彼を助けるために今は動かないと決めたけれど、ジークはすでに乗馬クラブを休部して、ゲームではなかったはずの動きを始めている。ジークが何らかの問題を解決するために独自に動き出しているとしたら、彼を自由にさせることで本来なら起こらない問題が起こるかもしれない。たとえば、医務室のアイベル先生がいなくなった代わりにリオンが学校にやってくる展開がなければ、ジークは医務室に侵入したりしなかったわけで。

シオンにはジークに関わらないように言われたけれど、何か良くないことがおこる気がする。何かあって後悔するよりかは、自分ができる邪魔をしよう。

少なくともゲームではジークは王立魔法学園に六年間ちゃんと在籍するはずだし、何かあったとしても、今はそんな危険なことにはならないよね……

そう心の中で言い訳をして、目的はわからないけれど、私はジークの妨害をすることにした。

「ジーク様、場所を変えてもう一度お話ししてから、お返事を改めて聞きたいです」

「粘られても申し訳ないが今回は……」

すでに断ることを貫くモードになったジークは、申し訳ない顔でそう私に切りだす。

「後悔なさいますよ？」

そんなジークに私は余裕たっぷりにニンマリと笑ってみせる。

ジークは小さくため息をつくと、私の後をついてきた。

顔は一見愛想笑いしているけれど、どこまで行くんだとウンザリとしているのがわかってしまう。

いつの間にかジークが取り繕っているとわかるくらいには、長い時間を一緒に過ごしてしまったのよね。

まぁ、うんざりしていることがわかっていても、そんなの気にせず私は私のやりたいことをするんだけれど。

さて。せっかくだから、ニコル・マッカートの小説になぞらえてこの学園の中心にある時計台の鐘をめざすことにした。手すりにつかまりながら長い螺旋階段を上る。

「どこまで行く気だい？」

「一番上の時計台の鐘のところですわ、今回の新刊で出てきますの！　ジーク様はもう新刊は読まれまして？」

今回の小説は作品の舞台である学園都市に自分もいるだけあって、歴代の作品の中でも最高なのよね。時計台のシーンは特に。

「はぁ……まだ目を通してないよ。もうここでいいんじゃないかい？　他に人なんていないじゃないか」

「あら、まだ読まれていませんの？　とても面白かったのに……」

時計台の鐘まで上ると決めてしまった私は、ジークの声を無視してズンズンと螺旋階段を上る。

観念したらしいジークは黙ってついてきた、と思いきや私を抱えあげると、二段どころか三段飛ばしで階段を駆け上がり始めた。

ヤバい、落ちる、確かに上るつもりだったけれどこの上り方は心臓に良くない。

「どうせ上まで行くつもりだったんだろう？」

そう言って、地面にようやく下ろされる。

「えぇ、思ったより早く上れました、ジーク様のおかげで……ただ、次からは抱えるときは事前におっしゃってください。必ず、必ずですよ！」

小説の舞台でもある、時計台は大きい。

さらに上にある鐘が休日は十五分ごとに一回カラーンと。

平日は一時間ごとに、一回カランカラーンと鳴る。

今回の小説のキーポイントとなる重要なところなのに、ジークは新作を読んでないため、そんなこの場所に立っても愛想笑いのまま腕を組んで私をじーっと見ている。

でも彼の興味関心のなさもこれまでである。私はジークの興味を引くとっておきの切り札を持っているのだから。

ジークから少し離れて、私は胸元から四つ折りの書類を取り出した。彼の前で四つ折りのままひらひらと振る。

「現物を見たいですか？」

私が取り出した物が何か一瞬で把握したのだろう、ジークの目が驚きに見開かれる。

ジークの手が書類に伸びる。

しかし、私は手を引っ込めてジークの手から書類を遠ざけた。

「私がしようとすることにお付き合いいただけませんか？」

「それは、中身を確認してから返事をするよ」

チラッと中身を見て必要な情報さえ得てしまえば、私のお願いを聞く理由がなくなってしまうのはお見通しだ！

「交渉決裂ですわね」

私は書類を胸元に急いでしまう。ジークが呆然とした表情になった。

「レーナ？」

「このお話はなかったことに」

「ちょっと待って……」

そう言う私に、ジリジリとジークが迫る。

胸元に入れたので、手を突っ込まれることはまだないはずだが、私が出し渋れば彼は手を突っ込むかもしれない。

「では手伝っていただけるのですか？」

「君はずるい、現物を持っているなんてあの時は一言も……」

ニッコリと微笑むと、珍しくジークが声を張り上げた。

「中を見たのか？　としか聞かなかったではないですか」

ホホホと笑う。

ジークの口元に手が行く。さぁ、どうするか考えているぞ。

「そういえばフォルトにも声をかけていたね」

何をするのか情報を得たいのだろう、ジークが私に確認してくる。

「えぇ、アンナとミリーにも今回のことは声をかけておりますよ」

「………言い方は悪いが十中八九、どうでもいいことなのではないかい？」

「えぇ、おそらくジーク様にとっては退屈でつまらなくてやりがいのないことでしょうね」

再びジークの手が口元に行く。これは彼の考えるときの癖なんだろう。

「今日の集まりは医務室で開きます。ジーク様の返答によっては、ちょうどいい機会ですのでこの手紙は医務室にコッソリ返してしまうかもしれませんね」

にっこり笑う私とは対照的に小さなため息をついて、ジークはついに折れた。

「わかった、私も集まりに参加しよう……」

よし！　私の勝ちね。

何をしているかわからないけれど、学園生活は六年あるのだから、一年の今危ないことをする必要はないのよ。

「では、先に向かっております」

と私は先に時計台を後にする。

やりたいことがあるのだ。

わざわざ時計台に来たのは理由がある。ドアを開けて螺旋階段を見つめた。

この手すりをヒロインは滑って逃げる。——そう、小説の舞台の聖地巡礼である。

真似してみよう……そう思ったのだけれど、階段が長く続いていたことを考えると、かなり長く滑り続けることになり、途中で止めたくとも止められそうにない。

さすがにノンストップで降りるとなると怖い。

……まぁ、機会があれば試すことにしましょう。

ジークもいるし、見られてしまえば、はしたないなどと言われるかもしれないし。そうして螺旋階段を滑り降りることは断念したのだった。


放課後、私は意気揚々と医務室に向かった。

リオンが完全に『えっ？　どういうこと』って顔をしていたけれど気にしない。

私の突然の訪問に戸惑いつつも、そこはMの本質を秘めている彼。すぐにハーブティーの準備を始めてくれた。

書類をコッソリ返すつもりだったから医務室を指定したけれど、返すのはジークに見せてからになったので、今日はここで集まらなくても本当はいい。だけど、もうここに集合と言ってしまったのだからしょうがないのだ。

結局、私、アンナ、ミリー、フォルト、ジークと結局五人も集まってしまった。

リオンも小説を知っていたから六人か。

リオンも一応いいところの家柄の者ばかりが五人も集合したことに、少し警戒している感じだった。

しかしそんな反応を置いて、私は五人に語り掛ける。

「えっと、皆さん。お集まりいただきありがとうございます。まず、一昨夜は私のせいで大変迷惑をかけてしまい申し訳ありませんでした。さて、それでは本題に移りたいと思いま……」

そう言って、さぁ！　ニコル先生の原稿を見て、皆ビックリするがいい！　と思っていた時だった。

医務室の扉が開き、私も含めて皆の視線が扉に向いた。

「リオン先生。来客中のところすみません……」

入ってきたのは、天使のような外面用の笑顔を貼り付けたシオンだった。

こんなさわやかな笑顔、久しぶりに見る気がする。

しかし貴重な天使バージョンのシオンは、医務室にいたのが私達六人とわかったとたん、あっという間に消えた。

そして、再び彼の顔に浮かんだ笑みは、悪魔の笑みだった……

「ちょっと……」

シオンがこちらを向いて言う。

誰を呼んでいるのかしら？

リオン先生と言っていたからリオンを呼んでいるのかときょろきょろしていたら、「レーナ様ちょっと」と言い直された。

えっ、私？　と思わず自分を指さして確認してしまった。

行きたくない、あの顔はよくない時の顔だ。

シオンがあの表情をしている理由にも心当たりがあって、私はジークをちらりと見つめた。

「今日はもうこの予定しかないし、急いでないからかまわないよ」

君のせいで予定がなくなったんだけどね、と言うジークの心の声が聞こえるような気がした。止めてほしかったのだけれどと思いつつ、シオンのほうに向かう。

「五分だけお借りしますね」

シオンはそう言うと、私を医務室の外に引っ張り出して扉を閉めた。

医務室から少し離れたところまで手を引かれて歩く。

そして医務室から十分離れると――

「おい、こらポンコツ。なんで僕が呼んだかわかる、よね？」

口が悪い。ニッコリと笑っているのに怒っていることがわかる。

仮にも主人に対して思いっきりポンコツと言ってしまっているが、彼の怒りとは裏腹にニッコリと笑顔が浮かんでいるところが恐ろしい。

「いや、その……なんとなくですが、見当はついておりますよ」

顔は笑顔。しかし目がまったく笑ってないシオンから思わず目をそらしてしまう。

「今後、危ないことには首を突っ込みませんって約束したのいつだったかな？　昨日だよね？ね？」

確認するかのようにシオンがそう言う。

「いや〜、その〜。そういう約束はしましたよ……」

へらっと笑ってごまかしてみる。

いったんは見て見ぬふりをしようとしたけれど。

さすがに知っている人が危ない目に遭うかもしれないという状況で、無視し続けられるほど大人になりきれなかった。……と言ってしまうのは恥ずかしくて、へらへらしてみる。

シオンの手が私に伸びた。

両頬を引っ張られるのかと思ったら。シオンの人さし指が無情にも私の鼻をグイッと押した。豚鼻にされている。

ちょっとこれは、ひどい。

「ちょっと、この顔はＮＧです。乙女にしていいことではありません。あと結構痛いから」

「太るだけでは飽き足らず、頭も足りてないみたいだから、より子豚になれるように協力してあげますね〜」

ニコニコとひどいことを言われる。

「もう！」

シオンの手を払い、痛くなった鼻をさする。

「とりあえず、今回のことは私にも考えがあるのですから」

「考えねぇ。アンタ何かあった時、実際問題何にもできないじゃん」

痛いところをついてこられる。

「それでも、ご興味ないことにジーク様を引きずりだせるくらいの手ならありましたよ」

「そういうことじゃないでしょ！　はぁ、面倒事はごめんなのに……」

私が折れることはないと思ったのだろう。そうして結局なんだかんだいって、面倒見のいいシオンも参加することになり。私達はニコル・マッカートを探すことになった。

これでジークもろくに動けず、計画は一旦保留になるはずだ。

「シオンも参加してくれるそうです」

「よろしくね～」

私の紹介に、顔は笑顔だけれどまだ怒っているシオンが、そう挨拶して私の隣に座った。

ようやく仕切り直しという雰囲気になって、咳払いをする。

「で、改めてですが。今回皆様に集まっていただいたのはコレです」

そう言って、私はシオンから渡された一枚の原稿用紙をテーブルに出した。

なんだ、なんだ？　と皆覗き込む。

最初にこれが何か理解したのはフォルトだった。

口元を押さえ瞳が驚愕に見開かれた仕草から、私同様に彼が感動しているのがわかる。

そういう反応になるわよね。

わかる、わかるわよ。

私もそうだった。

推しの私物、そして私物からしてまだ推しが近くにいるのではないか？　という期待。

なんとも言えない興奮がやってくるわよね。

「嘘だろ……」

思わずフォルトの口からそう漏れた。

アンナとミリーも気がついたようで、興奮冷めやらぬ口調でこの原稿の入手元を私に問い詰める。

ジークもブツが何かわかったようだが、そこは我々ファンと違いにわかファン……いや、読者だけどファンではないのか、愛想笑いのまま空気を壊さない程度で皆の話に相槌を打っている。

「まさか作者が学園にまだいらっしゃるんですか！」

ミリーが興奮気味にそう言って、私はそれに得意げに頷いた。

リオンは興味深く原稿を眺めてこう言った。

「これは購買部に売っているレポート用紙ですね」と。

いきなり、一歩答えに近づいてしまった！

やることは皆同じだけれど、作者探しに意気込みを見せるのは私、フォルト、アンナ、ミリーの読者チームだ。

一方、特に興味ないけど付き合わざるを得ないことになった、シオン、ジーク、リオン。

その三人は、場の空気を壊さないように余計な発言はせず、最低限空気を読んでくれている。でもワーワー盛り上がっている私達とはテンションが明らかに違う。

　しかし小説を読んだことはあっても私達ほど思い入れはないリオンも、私の提案にはお付き合いしてくれるそうだ。

　なんだかワクワクしてきたわ。

「でっ、これが学園で購入されたレポート用紙ということはわかったけれど。どうするのさ？」

　めんどくさそうに、シオンはそう切り出しつつ、リオンお手製の焼き菓子をぽいっと口に運ぶ。

　そしてなんだこれ、うまっと顔をほころばせた。

　そうでしょう、でもねシオン。そのお菓子こそが私を太らせた悪魔の菓子なのよという言葉を私はぐっと呑み込んでシオンの質問に答えた。

「そうですね、まずはこのメモ用紙を購入した人物を特定しなければですね」

　どやっとやったものの。

「あの、僭越ですがレーナ様、レポート用紙は課題の提出にも使用されるので、購入者となると学園の生徒の大半が該当してしまいます。メイドや従者に購入を頼む方もいらっしゃるので、それこそ購入者だけで膨大な数となり、売った方も誰に販売したかは正確に覚えてはいないでしょう」

　ミリーが挙手して困った顔でそう答えた。ジークもいつもの考察ポーズをしながら、メモの購入者をいかにして絞るか考えてくれた。

「そうだね。今のままでは該当者がかなり多くなりそうだから、もう少し絞らないとかなり厳しいと思うよ……」

そう言われて、むむむ……と頭を抱えた。

するとアンナがさらりと提案してくれた。

「リオン先生の時もそうでしたが、学園に新しくいらっしゃった方って噂になることが多いですよね？　なので生徒に聞き込みをして、とりあえず、ここ一年くらいの間に学園に来られた大人を探してみるのはいかがでしょうか？」

「さすがアンナ！」

作品を書いた時間など考えたら、確かにここ一年くらいの間で絞って考えるのがいいだろう。

「ありがとうございます。レーナ様。数がそれでも膨大ならば、小説に学園のいろいろな場所が詳しく描写されているので、学園内のいろんなところに行く必要性があり、学園内をうろついても不審ではない人物にあたりをつけるのはいかがでしょうか？」

にっこりとアンナが微笑んでくれる。私はそれに大きく頷いた。

待っていてね、ニコル・マッカート！　うまいことやって私はサインをもらってみせる。

一気に推しが近くなった気がした。

そうと決まれば後はさらに効率的に見つけるために動くのが大事よね。

「皆で固まって探すより、チーム分けして、先に見つけたチームの勝ちという風に勝負にしたほうが早く見つかるかもしれません。まずはここでチームを分けますね！」

そう言うと、ミリーはにっこり笑ってくれた。嬉しくなって、即座にチーム分けをする。私、アンナ、ミリー、フォルトのニコル・マッカート好きチームとシオン、ジーク、リオンのニコル・

マッカートそんなに好きじゃないチームだ。するとシオンが微妙な表情になってこちらを見る。

「あのさ、レーナ様、普通にメンバー分けしてくれたけど。このチームの分け方って何？」

「えっ、そりゃ。小説のファンチームと、そうじゃないチームですけど。作品への愛情の差が勝敗に関係あるかなと思いまして」

「なるほどなるほど～そういう理由ね」

シオンはチームの分け方の説明に納得したようだ。

実はこの分け方にした理由は他にもある。

私じゃジークの監視としては頼りない。でもシオン、リオン、ジークをひとまとめにしておけば、ジークがもしニコルを探すのをやめて、チームから離脱してもすぐにどっちかが私に伝えてくれるだろう。

監視という意味からも一石二鳥なのである。

さすが私、今日は冴えているじゃない。

こうして、頑張って聞き込みして捜すぞーと意気込むファンチームと、何でこんなことしているんだろうというのが顔に出ている、そんなに好きじゃないチームによるニコル・マッカートの捜索は始まった。

アンナとミリーは男子生徒から情報を聞いてくれて、フォルトは女子生徒から情報を聞きに動く。

皆にだけ任せるわけにはいかないわ。私も！　と意気込んでみたけれど……

「レーナ様は聞き込みしてわかった内容をまとめるのをお願いします」とアンナとミリーに言われ

て気づけば書記係になっていた。

私だっていろいろ聞いて回りたかったのに、なぜ書記係なんかやっているのだろう？

あっ、ファンかファンじゃないかで分けたつもりが、アンバー出身者百パーセントで私の周りを固めてしまっている。

このメンバーはやたら私に対して過保護だったことをすっかり忘れていた。

それゆえに……

「あの、そこの赤色の髪の方、聞きたいことがございまして、少し私とお話を……」

そう男子生徒に話しかけたところ、瞬く間にアンナとミリーがやってきて、気がついたら私はちょっと離れたところにポツンといた。

アレ？

男性に話しかけるのは駄目だったかしら。

そう思い、女子生徒に声をかけたらかけたで、フォルトがすばやく駆けつけてくる。

「ここは俺が聞いておくから、レーナ嬢は皆から聞いた話をまとめておいてくれるか？」

そう言ったが最後、もう女子生徒は私ではなくフォルトの顔を見つめてしまっていた。

えっ？　皆さすがに過保護が過ぎないですか？

というか、私へのガードがこのレベルだと、私これ以上交友関係広げるのって無茶苦茶至難の業じゃない？

え？　これ友達新しくできなくない？

思わぬ場面で恐ろしいことに気づいてしまった。

さすがにこの鉄壁の守りは私の今後を考えてもまずいでしょう……

何とか聞き込みをすべく頑張ってはみたものの、鉄壁のガードを破ることができなかった。仕方なく私は、皆からの情報を適当な椅子に座ってメモする書記係に落ち着いた。

なんか思っていた捜索と違う。

書記係だけじゃ楽しくない。なんでこうなるのよ！　なんて思いつつ与えられた職務を全うした結果。

とにかく今日の聞き込みで、学園に関わる大人の入れ替わりはほとんどないことがわかった。

魔力を持つ子供たちに変な思想を植えつけるような悪い大人を寄せ付けないためにも、大人は気軽に学園都市に出入りできないんでした。そうでした。

とにかくこれで結構絞り込めそうだ。

それに――ということはニコル・マッカートはずっと学園都市にいたんじゃないかしら！

もしかしたらずっとニアミスしていたかもしれないわ。

今日取ったメモを見返してみる。

ここを訪れた大人たちの職業や、いつ頃から学園に来ていたのかといった経歴に関する情報から、髪や瞳の色といった容姿に関する情報がたくさん書かれていて、この中に推し作者がいるのではないかと思うと胸が高鳴る。

ファンじゃないチームとも寮に帰る前に一度集まって、手に入れた情報を交換する約束をしていたので、集合するやいなや、私はついドヤ顔で今日手に入れたばかりの情報を得意げに披露した。

なかなか上手くまとめてあるんじゃない？　と心の中で自画自賛しながらね。

ファンじゃないチームも私達がこれほど情報を集めてくるとは思うまい。

「さて、そちらはどうでしたか？」

まぁ情報は私達とほとんど同じだろうけれど。その情報は先ほど軒並み私が発表してしまったから、それ以外の情報をどれだけ手に入れたか見物《みもの》ですわねとついつい悪役らしい考えになる。

「あのさ、レーナ様……ドヤ顔のところ悪いんだけど」

ドヤ、ドヤ！　ドヤァァ!!　とやっている私に、シオンが申し訳なさそうに声掛けをした。

このパターンは嫌な予感がする。

「ニコル・マッカート見つかっちゃったから」

…………………………ハァ？

「シオン。もう少し言い方を考えたほうがよかったのでは？」

リオンがそう言ってシオンをなだめる。

「ちょっと、嘘でしょ……こういうのって何日もかけて少しずつ真相がわかっていくものなんじゃなくって？」

捜し始めたその日の間に見つかるとかありなの？

それも私以外の、作品のファンじゃないチームが見つけるというまさかのパターン。

「早く見つかってよかったじゃないか」

ジークは早く見つかって何がダメなのか？　と不思議そうな顔をしている。

すっかり忘れていた。ジークもシオン同様、何かあれば相手に直接会いに行けばいいじゃないか？　とか情緒もくそもないことを言ってしまう人間だったことを失念していた。

これだから恋愛小説のことをちっともわかってないやつはダメなのよ。

心の中で悪態をつきつつも、ジークやシオンには理解してもらえない自分の気持ちを言葉にしていく。

「いえ、あの、早く見つかったこと自体はいいことなのですが。そのえーっと……私自身がやっぱり探していくうちにニコル・マッカートはあの人だってアタリをつけて、少しずつ真相に近づきたかったといいますか……」

いや、拾った原稿は新刊の続きのようだから、一読者としては一刻も早く返して次回作の出版へとつなげてもらったほうがいいことはわかってるのよ。うん。

でもね、なんていうか複雑なのよ。

そう言うと、シオンが面倒なことを聞いたと言わんばかりの表情になった。

「あのさぁ、しょうがないじゃん、見つけちゃったもんは見つけちゃったんだから」

そうなんだけどさぁ。シオンももっと言い方あったと思う。

不幸中の幸いとしては、原稿を私が持っていたことだ。

『ニコル・マッカート見つけたし、原稿返しておいたからね』……という展開にならなかっただけマシといえよう。

そうポジティブにいこうポジティブに。

それにしても、この件でジークに時間をかけさせる予定だったのに、実にあっさりと目的のほぼ九割を達成して、後はニコル先生に原稿を返すだけとなってしまった。

肩を落としていると、アンナが勢いよく挙手をした。

「ところで、いったいニコル・マッカートは誰でしたの？　やっぱり今年の春から新しく入ったというカフェのほんわかとした女性の店員さんですか？」

「いや、作者の名前からして女性ではないんじゃないか？」

フォルトは男性名ということを指摘する。

ミリーが、記憶をたどるように視線を宙に投げた。

「え～、そうなるとフォルト様、私達の聞き込みした中で男性となると……荷物を運ぶ仕事をされているという筋肉質で毛髪の乏《とぼ》しい方に……」

ミリー！　確かに私達が調べた中だとその人しか該当しないんだけれど。

髪の薄さについて、どれほど柔らかく言ってもカバーできていない。

いや、本の内容が素晴らしければ作者がどんな人でもいいじゃないか。

でも会ったことはないけれど、ガチムチで髪の量が乏《とぼ》しい人があんなキュンキュンラブロマンスとか書いていていてほしくないという気持ちがあったりはする。

「ニコル・マッカートは――」

「ストップこれ以上はダメです、今誰か話しちゃったら面白くないじゃん」

リオンが見かねて誰かの名前を言おうとするのを、すかさずシオンが制止する。

「後日原稿を返しに行くときになれば、嫌でもどんな人が書いているかわかるのだからね。待つ時間も楽しい時間なんだろう？」

ジークもシオンの提案に乗っかり、誰がニコルなのか話さない気だ。

会いたいのに会えない？　なら会いに行けばいいじゃないかというタイプのくせに、これ絶対私がちょろまかした書類をジークに見せなかったことへの仕返しだわ。

くそーっとにらみつけても、ジークはしれっとした顔をしている。

真相までたどり着いているのに教えてもらえないとなると、ものすごく気になってくる。

「誰なんですの？　ここまで聞かされてはとても気になるんですけれど」

「ヒミツ」

シオンに詰め寄ると、全然教える気のない笑顔でそう言われてしまった。

「ジーク様……」

ジークに答えを求める。

「レーナはたまに意地悪だからね」

しかし、にこやかな愛想笑いでかわされてしまった。

しまった、ここ最近のジークへの対応が裏目に出た。

ではとリオンを見たら、自分に話題がふられるとまずいと思ったのか、すでに先ほどまでいた場所にはいなかった。

「リオンなら、医務室を長時間空けておくわけにはいきませんのでと言って戻っていったぞ」

フォルトがそう補足してくれた。

おかげで真相は闇の中である。

その後、原稿は私が持っているから、ちゃんと返すときには呼びに行くよとだけ言われて、いつ返却に行くのかも秘密にされるし、もうもうもうである。

あっさり見つかったのはいいけれど、誰か気になる。

気になると眠れない。

ジークには、今回のことが片付いたら現物を見せると約束したから、当分の間は原稿用紙と一緒に回収した書類の現物も持ち歩かないといけない。

夜寝るときにやっと胸元から取り出して、私は寝室のテーブルに四つ折りにした報告書と原稿用紙を置いた。

しかし、私への意地悪もあるのか、次の日もその次の日も一向にニコルへ原稿を渡しに行くことはなかった。

いったいいつまで私は悶々としてればいいのよ！　生殺しじゃない！

私なりに誰か絞り込もうとがんばってみたものの、結局誰かはわからない。

ニコルは売れっ子の人気作家だ。下手に私があちこちにあなたがニコル・マッカートですか？とかやれば、ご本人にご迷惑が掛かってしまうことは必至。

大々的に聞いて回るわけにはいかないし、それ以前に、アンナとミリーの鉄壁のガードを破って聞きまわれる気がしない。

どうして、ファンじゃないメンバーで見つけてしまうの……

さらに次の日も何もなくて、私はイライラしていたけれどようやくその時はやってきた。

私宛に一通のお手紙が来たのだ。

綺麗なオレンジの封筒に、達筆な文字で書かれた私の名前。

後ろに差出人の名前はない。

『私をお探しのようですね、ジーク様から何かお聞きになりましたか？

ぜひレーナ様とは一度会ってお話ししたいと思っておりました。

明日の放課後、レーナ様さえよろしければ学園の鐘の下でお待ちしております』

ジークったら私が小説のファンであるとか言ってくれちゃったのかもしれない。

意地悪しやがってとか思ってごめんジーク。

ところでサインを書いてほしい時は本を持っていけばいいのかしら。いやいや、サインをいきなりねだるのは厚かましすぎるかもしれないわ。

綺麗な手紙を前にして私の感情はあわただしかった。

他のメンバーにもこの手紙は届いているはずよね。アンナとミリーの反応が楽しみね。

次の日、私のテンションは朝から高かった。

だってしょうがないじゃない。

これはもう推しと会えるようなもの……！

落としては大変と、原稿用紙を胸元に入れた。最近ここに入れておけば一番安全だと気がついたのだ。

そして新刊にサインをもらうべきか、一巻にサインをもらうべきか悩んだ結果、二冊とも鞄に入れてきた。ちょっと重い。でもこの重みは幸せの重みなのよ！

ついつい鼻歌もこぼれるのは仕方ないというもの。

あー小説の裏話とか聞けたらどうしよう。

前作もすごくよかったし。その時の主人公の気持ちとか小説には描き切れていないところも、ぜひとも伺いたい。

「レーナ様、本日はとてもご機嫌ですね」

「えぇ、ミリー、私実は昨晩ずいぶん悩んだのだけれど。今日は本を二冊も持ってきてしまったの」

「まぁ、それは重いのでは？　お持ちいたします」

「いえいえ、アンナ。不思議と重く感じないから大丈夫よ」

そんな会話をした。

でも、この時嬉しくなりすぎていた私は、とある異変に気付かなかったのだ。同じニコル・マッカートのファンの二人と話しているにもかかわらず、二人は平常通りで、私一人だけがご機嫌だったことに。

とにかく授業が終わるのがもどかしかった。

学園では真面目に授業を受けてきたけれど、今日だけは許して先生方。

これは仕方ないの。まじめにしようと思うのだけど、気がついたら、ニコル先生に会ったらどうするかばかり考えてしまう。

やっと授業が終わって、いよいよご対面！　と気持ちは逸《はや》るのに。

こんなときに限ってアンナが先生に呼ばれたり、ミリーは一度寮に戻る用事ができたり。

「先に行っているわ」

だから、待ち切れなかった私はそう言って、一人時計台の鐘を目指したのだ。

重い鞄をえっほえっほと持ち、時計台へと続く人通りの少ない廊下を行く。

どんな人なのかしら、男の人かな？　やっぱり女の人？

あんな素敵な言葉を次々と紡ぐのだから、相当モテる人に違いない。

螺旋階段へと差し掛かるころにはすれ違う人もいなくなった。

ニコル・マッカートはもう先に来ているのかしら。階段の途中で会っちゃうってこともあり得るわね。

あっ、でもこんなところで会ったら私ってば何を話せばいいのかしら。

そんなことを考えながら長い長い螺旋階段を上る。

上り終えて扉を開けると、目の前には大きな鐘があらわれた。

――あぁ、新刊の一場面のようだわ。

授業が終わってそんなに時間が経っていないこともあり、私が一番についたようだ。

鐘の下にはいつもの面々はおろか、ニコルらしい人も誰もいなかった。

それにしても柵も手すりもないから、結構危ないわねここ。

などと思いながら待っているとようやく誰かが来たようだ。

「レーナ様？」

名前を呼ばれて振り返る。すると、そこには一人の美しい女性が一人立っていた。

ゆったりとした動作でこの世界の女性には珍しい短い髪を耳にかけるそのしぐさに、思わずほうっと見とれてしまう。

短い髪の女性はあまりいないそうだけれど、そんなこと気にならないくらい綺麗な人……

でも彼女の目の下には化粧ではごまかせないだろう隈があり、血色もどことなく悪かった。

物書きは不摂生になりがちと聞いたことがある。

けだるげな雰囲気、男を手玉に取ったことが間違いなくあるだろう美貌——間違いなくこの人だわ。

思わず私は鞄をぎゅっと握りしめた。

あんなにたくさん話したいことがあったのに、目の前にするとその美貌もあって思うように言葉が出てこない。

「レーナ様ですよね？」

もう一度名前を呼ばれてようやく私は何度も頷いた。

「来ていただけてよかった」

　そう言って彼女は安堵の表情を浮かべた。

　あっ、そうだった。会えた感動ですっかり目的が飛んでしまっていた。

　原稿を渡さないといけないんだった。

　そうでしたそうでした。というか、いくら落とさないようにとしても胸元から取り出すってどうよ？　こんなことなら、待っている時間があったのだから先に取り出しておけばよかったわ。

　そんなことを思いつつ、胸に手をつっこむタイミングがない。

　それにしても、隈こそ気になるけれど顔は綺麗だし、スタイルだって出るべきところは出ているし、引っ込むところは引っ込んでいる。ニコルだって自分の良さをわかっているのだろう。

　体のラインがわかる服をそつなく着こなしている。これが恋愛の強者というやつだろうか。

　ストーンとした胸の私とは大違いだ。

　いや、成長期だから、私の胸だって、これから栄養を気にすることで大きな飛躍を見せるかもしれない。

　まぁ、そんなことは置いといて、彼女の流れる銀の髪は美しく、碧《あお》の瞳は見ていると吸いこまれそうだ。この世界の銀髪に碧眼は顔面偏差値が高いとでも決まっているのだろうか。

　これは、百戦錬磨。

　ジレジレで男を手のひらで無意識に転がすような小説も書けるだろうさ。

　綺麗な顔をほころばせる安堵の表情は、こちらの世界に来て整った顔立ちを割と見ている私でも思わず見とれてしまうものがある。

「は、初めまして、レーナ・アーヴァインです」

何とか絞り出すように自己紹介をした。

「会いに来てくださりありがとうございます。てっきり来ていただけないかと思いましたわ」

そんな謙遜しなくても。

私の書庫には彼女の本が一冊も欠けることなく並べられているし、ジーク曰く貸し本屋にもなかなかない売れっ子の作家じゃありませんか。貴族の私とて、作者は気軽に呼ぶことなどできないので、こんなことでもなければお目にかかることはきっとできなかった人。

私は慌てて首を横に振る。

「いえいえ、あなたとは一度会ってじっくりお話ができたらいいなぁと思っていたのです」

「……上手く隠れていたつもりなのですが、なぜ私が学園にいると思ったんですか？」

するとニコルはうっすらと表情を歪めた。あまりいい表情に見えないそれに、少し慌てる。

アレ……、シオンもジークも原稿用紙を拾ったこと言ってなかったのかしら。

そういえば、とりあえず探すということを最初の目的としていたのだった、そうであればわざわざ原稿のことをあえて告げていなかったのかもしれない。振り返ってみても、まだ、他のメンバーは来ていない。

どうしよう、原稿を返すにはうってつけのタイミングだ。

でも皆一緒に返したかったよね？　もし逆の立場で先に原稿は返したって言われたら、私絶対怒っていたと思うし。

でもこのタイミングで返さないと流れ的に不自然なのよ。

皆ごめん。

私は胸元に手を突っ込んだ。

突然の私の奇行にビクッとされてしまった。

……あぁ、なんで原稿を出しておかなかったの私。いやいや、怪しいものではないのです。これを見たらわかるんでと、慌てて私はとりあえず掴んだ紙を彼女に渡したのだ。

私が差し出した紙を手に取る彼女。

しかし、ゆっくりと開かれたそれは、返そうと思っていた原稿用紙ではなかった。

原稿用紙と一緒にしまっていた、保健室で見つけた書類。

今渡したそれは間違いと言う暇もなく。ニコルの顔が笑みの形に歪んだ。

「なるほど……はずれの子とはいっても、やっぱりあなたはユリウス・アーヴァインの子孫だったのですね。あぁ、これで。これでついに」

口元に手をやり歓喜に震えるその姿は、今の場に似つかわしくなく、不気味だ。

アレ……アレ……あれ？

ニコル——いや、女は私が間違えて渡した書類をぎゅっと握りつぶす。

表情や雰囲気からこの短期間で何度も修羅場をくぐるはめになった私の頭の中で、警報がようやく鳴り響く。

今さら疑問が頭の中によぎった。

彼女は本当にニコル・マッカートなのかと。

授業が終わってかなり時間が経過しているはず。

それなのに、用事があったアンナとミリーはともかく、ジークもフォルトもシオンもリオンも誰一人として一向に姿を現さない。

……あの手紙は皆に送られたものではない？

思い返せば手紙にもニコル・マッカートとは書かれていなかった。

タイミング的に私がニコルだと思っただけで、彼女自身はニコルだとは一度も名乗っていない。

じゃあ、この女は誰なのか。

そういえば手紙にはジークのことが書いてあった。私は回避したつもりだったけれど、もうすでにジークルートに強制的に入ってしまったのかという一つの仮説が頭によぎる。

いや、でもこんな女、ゲーム本編では一度も登場してない。

何か秘密を抱えていたジーク。

ジークは彼女を知っているの？

一度不安が頭の中によぎると、だんだんと恐怖が押し寄せてくる。

彼女がなまじ美しいからこそ、余計に恐ろしい。

本能的に私は後ずさる。

すると、そんな私を見て、女は嗤《わら》った。

「あら？　おびえなくてもいいのです。レーナ様はジーク様からクライストの長い冬にまつわる話を聞いた。だから、あれほどぞっこんだったのに夢から覚めたようにジーク様を見限った……違いますか？」

　何の話をしているの？

「でもわかってほしいのです。私はただ少しでも早くクライストの長い冬が終わってほしい。ただ、それだけなのです」

　クライストの長い冬？　初めて聞く単語だ。

　そして彼女の口ぶりから『クライストの長い冬』というのは、あれほどぞっこんだったジークへの気持ちをなくすくらいの威力のある何かであるようだった。

　私は息を吸い込み、彼女を見上げる。

「申し訳ないのですが、まずはあなたのお名前を教えていただけませんか？」

　情報が欲しい、沈黙することで刺激したくない。

　そんな思いで、私は震えて少し上ずった声で何とか目の前の得体のしれない女に質問をした。

「あら、私としたことが逸《はや》る気持ちを抑えきれませんでした。ジーク様が学園に行かれている間、冬を止めているイージス・クラエスが娘、アリアンテ・フォン・クラエスです。以後お見知りおきを」

　彼女は、まさかのクラエスと名乗ったのだ。クラエスとはもちろん、ジークの公爵家の名前だ。

　冬を止めている？　なんのことかさっぱりわからない。

頭の中にハテナマークがたくさん浮かぶ中、彼女が私へ向かって歩みを進める。

なんとなくつかまってはいけない気がして、私は本能的に後ろへと下がった。

そんな時だった。

ガンッと大きな音がして、氷のかけらがあたりに飛び散る。同時に鐘の音がカラーンカラーンと鳴り響いた。

鐘を揺らすことができるほどのサイズの氷がピンポイントで鐘にぶつけられたのだ。

ご丁寧に、鐘にぶつかった後氷は細かく砕け散る。

こんな芸当ができるのは私が知る中ではただ一人だ。

ジーク！

何か直接言われたわけではない。

けれど逃げろと言われた気がした私は、女の視線が突然鳴りだした鐘に移ったのを見逃さなかった。

今しかないのだ。こういう風にサシで呼び出しているあたり、お話し合いで済むとは思えない。

話し合いで済む話なら私の家を通して連絡が来たことだろう。

わからないことだらけだけれど、今は逃げるべきと走りだす。

相手がジークの血縁者ならかなりの魔力持ちのはずだ。魔法で身体強化されてはすぐに追いつかれてしまう。

怖いとか考えている暇もなかった。私はすぐに螺旋階段の手すりにまたがった。

そしてニコル・マッカートの小説のように螺旋階段の手すりにしがみつき、下まで一気に滑り降りたのだった。

◆◇◆◇

レーナがやばいと思って逃げ出す、少し前。

「ジーク様。ほっとくとあの人何するかわからないし、迎えに行くことにしたから！」

なんてシオンが私に声をかけてきた。

ニコルは誰なのか散々待たせたからレーナはかなり焦れているはずと思っていたのに。

教室にはすでにレーナはいなかった。肩すかしもいいところである。

レーナの友人のアンナは、先生に何か頼まれたのか黒板に明日の連絡事項らしいものを書いていた。

もう一人と一緒なのだろうか……

「あれー、アンナ様一人？　レーナ様は一緒じゃないの？」

私が思った疑問をシオンはすぐに口にした。

「珍しいな。一緒じゃないのか？」

いつもは、レーナ、アンナ、ミリーの三人でいるのに、今日はアンナが一人だからか、フォルトもそう声をかけていた。そう声をかけられたアンナが首を傾げる。

「『先に行くわ』と言われたので……私はてっきり皆さんのうちの誰かと約束があったのではと思っていたのですが。今日は本を二冊も持ってこられたと言っていたので、医務室でリオン先生の焼き菓子をつまみながら読書されているのかもしれません」

アンナは私達を順番に見たあとそう言った。わずかに私は顔をしかめる。

今いないメンバーとなればリオンだけだが……

さすが毎回一緒にいるだけあって、いかにもレーナがやりそうな行動パターンが彼女の口から告げられる。

にもかかわらず嫌な予感がした。

鼻歌まで歌ってかなり機嫌がよかったとアンナは言っていた。鼓動が速くなる。

気のせいであればいい、気のせいであればいいのだ。

それに、レーナはああ見えて、かなり強《したた》かだ。

戦闘能力はいまいちだが、私を圧倒的に出し抜く能力は持ち合わせている。

私は最悪の答えではないと思いたかったのだ。

シオンもレーナには今日のことは何も言ってないのにと言っているし、私自身も今日原稿を返却する約束をしているなどと漏らしてはいない。

なら彼女は機嫌よく誰のところに行ったというのか。

放課後に本を二冊持ってきても重いだけで、時間的に最後まで読むことはないだろう。

それに、いつも一緒に居る二人にどこへ行くと場所を告げなかったことが引っかかる。

「ちょっと、どこ行くのさ！」

シオンの制止を振りきり、私は教室を後にした。

どこだ、どこだ、どこだ。

とりあえず学校全体が見渡せたほうがいいと中庭に下りた。

あっちこっちを眺めて、必死で何か少しでも情報を得ようとする。

「突然どうしたのさ、ジーク様？」

「いったいどうしたんだ？」

突然駆けだした私の後を追いかけてきたシオンとフォルトが、慌てて私に声をかけてくる。

「レーナを探してほしい」

「いや、探せって言われても……学園は結構広いからさ」

「とにかく、窓からそれらしい女性生徒がいないかくらい見てみよう」

無理じゃないという空気を出してきたシオンに、フォルトがとりあえずできそうなことからしようと意見した。

金髪の生徒は結構いる。あれだけ見ないように覚えないようにとしていた日々が嘘のように、私は見慣れた髪を捜した。アレでもないこれでもない。

捜している時に限って見つからない。

「なぁ……アレじゃないか？」

フォルトがそう言って指をさす。それに従って、私は上を見た。

まさしく、捜していた彼女――レーナは学園の時計台の上にいた。それも柵などない場所にもかかわらず無防備にも少し乗りだして下を見ていたのだ。

「ちょっと、危ないじゃん。何やってんのまったく……」

よりによって、なぜあんな場所にレーナはいるのか。

「なんだ。今回の小説の舞台を見に行ってたのか」

慌てる私達の一方で、フォルトはほっとした顔になった。

その言葉に目を瞠《みは》る。確かレーナは新しい小説の舞台が学園だと言っていた。私もあそこまで無駄に移動させられて話をされたから覚えている。レーナにとって今、思い入れがある場所にただ単に行きたくなっただけならいいのだが。

いや、レーナは『先に向かっている』とアンナは言っていた。

ということは、あそこでレーナと待ち合わせをしている人物がいるはずだ。

それも、いつも一緒にいるアンナやミリーではなく、ここにいる私やフォルト、シオンでもない誰かが。

魔力のあまりないレーナの交友関係は狭い。私とレーナの婚約が承諾されたのも同い年であることと、何かあれば学園内で私がレーナを守れるかもしれないというところが大きかったはずだ。

意図的に彼女が他の人と交友関係を広げないように、アンナやミリーが動いているところも見たことがある。

気軽に会いに行ける人間がレーナに一体どれほどいるだろうか。

少なくとも私が思いつく限りではそんな人物はパッと思い浮かばない。

まさか……私の脳裏に嫌な考えが一つ浮かぶ。

ユリウス・アーヴァインの子孫であるレーナに会わせろというしつこい要望が、このところ私のほうに来ていた。

今年のクライストの冬がひどいこともあり、その要望は強く強くなっていっていた。

それを私はのらりくらりとかわしていた。

「ジーク様、顔真っ青だよ？　ちょっと大丈夫なの」

心配そうにシオンが私の顔を覗き込む。

「レーナは先に向かっていると言っていた。一体誰と待ち合わせしていると思う？　交友関係に心当たりは？」

疑問を口に出すと、皆が顔を見合わせてしまった。

レーナの交友関係がかなり狭いことは周知の事実だ。高位貴族に見合わない魔力量しかない彼女は、おそらく公爵からレーナを守るようにと言われているのか常にアンナ、ミリーの二人と行動を共にしていた。

彼女たちの人と距離をうまくとる能力は素晴らしく、二人の目を盗んでレーナが友達を新たに作ることはあまり考えられない。

「なぁ。レーナ嬢、一人じゃないぞ」

フォルトがそう言って、私もシオンも時計台を見上げた。

遠目だからよくはわからない。

けれど、確かにレーナの他にもう一人女がいる。

その髪はいつも一緒にいるミリーの色とは異なる。

見覚えのある銀の髪にぞわりと鳥肌が立った。

何を話しているかはこの距離で聞こえるはずもないが――

「ちょっと待って、アイツ誰？」

シオンも真っ青な顔で私の顔を見た。

フォルトは時計台に登るつもりなのだろう、身体強化をしていち早く走っていくのが見えた。

雷の魔法の使い手の彼がおそらくこのメンバーの中で一番速く走ることができる。

でも、間に合うのか。

「あっ」

シオンが声をあげた。

柵などないのにレーナがゆっくりと後ずさりし始めたからだ。

あそこからレーナが一人で降りる手段を持っているとは到底思えない。緑の魔法を使い、教会の人間に塔に閉じ込められたときのように蔓を伸ばすにしても、彼女の魔力量では一気にというわけにはいかないだろう。

高さ的に落ちたらタダですまないだろうし、即死されては治癒魔法では治せない。

私は魔力を集めることに集中した。

できるだけ早く。

そして、大きく。

自分の周りの温度が急激に下がるのがわかる。だが、そんなことの調整なんか気にしている暇もない。

漏れ出した魔力が自身の頬や服を凍らせることなど気にせず、私はとにかく魔力を練った。

レーナの足がこれ以上後ろに下がれないほど後退する。

――絶対に外すな、集中しろ。

フォルトが向かっている、ほんの少しでいい時間稼ぎを。

私は五十センチほどの氷の塊を凝縮させ、ただ一点に向かって撃った。

私の半径三メートル以上離れた氷は、私の魔力制御の管轄から外れる。

もうこれ以上制御は今の私ではできない。

とりあえずレーナにさえ当たらなければいい。

まっすぐに飛ぶ氷の塊は一直線に鐘へと向かっていき、そして鐘に当たると、あたりに響き渡るような大きな音を立てて、砕け散った。

氷の塊がぶつかった衝撃で、鐘はこれまで見たことがないほど奥へ反り、大きな音をたてる。

カラーンカラーンカラーンカラーン――

通常よりはるかに大きな音で鐘が何度も鳴り響く。

逃げてくれ。

祈りを込めて、レーナの小さな背中を見つめた。

突然鳴り響いた鐘の音に女が気を取られた隙に、レーナはこれ幸いと素早い動きで出入り口へと向かい扉を閉める。

これでいい、後はレーナの後を追えないようにここから遠距離で粘ればいいのだ。

こぶし大ほどで十分。

レーナはもういないから、当たらないように気を使う必要もない。

逃げたドアの先に行かせないようにいくつもの氷の塊をランダムに鐘めがけて撃った。

◇◆◇◆

「ひゃぁああああああああ」

小説のように手すりは思いのほか滑りがよくて、絶叫マシーンに乗ったような叫び声が出てしまった。

登った時と比べモノにならない速度で下に向かって私は滑り降りる。

それでも、相手が身体強化してきたら追いつかれてしまうのでは？　という恐怖が、もっと早くもっと早く下へと焦らせる。

摩擦がどうとか思っている場合ではない。

手すりの終わりはどうやって着地しようと思うけれど、なるようになるしかない。

そうこうしているうちにその時は、やってきた。

急に手すりがなくなったのだ。地面に足はついたけれど、勢いを足だけでは受け止めきれずに尻もちをついた。

早く立たなければと思った時、護身用にとシオンがくれた髪と瞳の色を変える足輪が、私のポケットからコロリと出てきた。

鞄もないから何も使えそうなものを持っていないと思っていたけれど、こんないいものを持っていたのだ。

迷うことなく私は足輪をつけて立ち上がった。

私のなけなしの魔力が足輪に吸われていくのがわかる。私の魔力が急激になくなれば、盟約している者――シオンとリオンには私がどこにいるかわかるはずだ。

私の長い金髪は、見なれない真っ白な髪へと変わっていく。

鏡がないから確認できないけれど、瞳はおそらく金色になったはず。

三十分ほどは持つかな、いやお願い持ってちょうだい。

扉を開けて、私は学園内に入った。

とりあえず印象を変えるために髪をほどき、行くあてなんてないけれど適当に走る。

その時、フワリと私の隣を風が通り抜けたのだ。

ヤバい、追いつかれたか――と思ったけれど。

一度私を通り過ぎたその人物は、すぐに戻ってきて私の手首を掴んだ。

見上げた相手はフォルトだった。

「フォルト！」

ホッとすると同時に、なぜよりによって危険なこのタイミングで現れたの？　と思ってしまう。

「レーナ嬢？　その髪と瞳の色、まさか足輪をつけているのか？」

私はフォルトの質問に何度も頷いた。

私がこれをつけて動ける時間は短い。

でも印象が変われば、見つかる確率がグンッと下がる。だから今外すわけにはいかない。

フォルトがいるのは心強いけれど、もしかしたら戦闘になるかもしれない。

フォルトを巻き込む？　いや、駄目だ。たまたま会った彼を巻き込むわけにはいかない。

「私ちょっと急いでいてそれで……」

適当に取り繕ってフォルトを巻き込まないように離れようとした。

しかしフォルトは私の手を引いて走り出した。

「ちょっと！」

このままでは彼も危ない。

どうしたら……

「逃げているんだろう？　さっき中庭からやり取りを見ていたんだ」

走りながらフォルトにそう言われて目を瞠《みは》る。

派手に鐘も鳴り響いていたから目撃者がいてもおかしくない。

状況を知って来てくれたんだ、ということに少し安心すると同時に、身体の力が抜けてしまった。ついでに足輪のせいでだんだん魔力が尽きていくのがわかる。

「フォルト」

足取りが重くなり、足がもつれる。するとまたもフォルトが私の手を痛いほど引っ張って、一緒に逃げようとしてくれる。でも、私から離れれば、フォルトは彼女のターゲットにならないかもしれない。

「フォルトってば！」

手を振り払おうとする。

「今度は離さない」

彼に手を引かれる形となった私からは、フォルトの背中しか見えない。

表情は見えないけれど、私の手首を掴む手に力が入るのがわかる。

このままじゃダメだ。

出来るだけ遠くへと思うだけで、あてなどない。

「フォルト、身体強化して私を抱えることはできませんか？」

きっとその方が逃げきれそうと思ったけれど、フォルトの答えはノーだった。

「魔力の制御がまだうまくできない。俺の雷の魔力を使えば速く動けるけれど、その分精度が求められる。まだ人を抱えて走れない」

なるほど。なら、どうする。

とりあえず追っ手はまだ来ていないようだけれど。

安全な場所に逃げる、あの女の人が来られないような……そうだ図書館の秘密の部屋だ!!

思い付いたら早かった。

フォルトに目的地を告げて、図書館へと向かう。

女は来ていない。意味がわからないというような顔をしてあたりを警戒するフォルトをほっといて、手早く背表紙に触れていく。

「我真実の探求者なり」

すると私達は光に包まれ、転移した。

「なんだここは……」

フォルトが周囲を見回し、驚きの声をあげる。

説明してあげたいけれどそれは叶わないようだ。

私の額からは汗が流れ落ちる。立っていることもできなくて、本棚によりかかったまま、ズルズルと地面へと座り込んだ。

「レーナ嬢大丈夫か？　おい、おい！」

フォルトの焦った声が聞こえる。

私の瞼がゆっくりと降りていく。

「そうか足輪が魔力を吸っているのか」

足輪がはずされ、魔力を吸われる感覚が止まったのを最後に、私は意識を手放した。

そして、私が意識を失ったため、ここからの出方を知らないフォルトと意識のない私の二人は秘密の部屋から出ることができなくなったのだった。

◇◆◇◆

「魔力が消えた」

レーナ様と血の盟約を結んでいた僕とリオンが、それぞれ別の場所でそう呟いた。

フォルト様がレーナ様の元に向かって走っていっちゃって。

ジーク様は、相手が跡を追うことができないように応戦する中。

主の魔力が急激に減少するのを感知した僕は、レーナ様のところへ駆けつけるべく動き始めた。

でも、主人もあいつから逃げようと逃げ回っているのだろう。彼女の魔力量が乏《とぼ》しいこともあり、動き回られたのでは場所がはっきりと特定できない。

そして、己にとって絶対の光は小さくなっていき、突如として消えた。

血の盟約など人生でそう何度もするものではない。

主の死亡など余程のことがない限り、主が自ら便利な下僕を手放すようなことがないからだ。だから僕には、この感覚が主を失ったものかどうかなんてわからない。僕にとって初めての主なんだから、わかるはずもない。

もともとレーナ様の魔力は低く、制約なんかないようなもんだった。彼女自身を害することくらいにしか制約がなかったため、今制約がなくなったかどうかなど確かめようがない。

「魔力が消えた」

ポツリと僕の口からようやく出た言葉は、先程とまったく同じだった。確かめるかのように、信じられないかのようにポツリと口から溢れたのだ。そんなはずはないと意識を集中しなおす。

先程までは確かに細いなりにあったのだ、自分と彼女を結ぶ、線のような縁が。

「…………ない」

震えた唇からやっとのことで出た言葉だった。

「どうした？」

立ち止まる僕に追いついたジーク様が、焦った顔で覗きこむ。

「……レーナ様の魔力が消えちゃった、これじゃどこにいるかわからない」

僕自身動揺して、これではジーク様にちゃんと伝わらないこともわかってるのに、上手く言葉が紡げない。

キョロキョロとしながら校舎内を彷徨《さまよ》っていたリオンと、ジーク様と僕が合流したのはその後すぐであった。

◆◇◆◇

うるさい……

まだ寝ていたいのにごちゃごちゃといったい何を話しているの？

身体がひどくだるい。

まぶたをゆっくりと開けると、最初に目に入ってきたのはたくさんの積み上げられた本だった。

……本？

重い身体をゆっくりと起こす。

身体は重いし、ひどくだるい、できれば寝ていたいけれど動けないことはない。

あたりを見渡して、私はようやくここがどこか思い出した。

得体の知れない人に襲われかけてそれで、ここに逃げ込んだんだった。

どうやら私は図書館の秘密の部屋の入り口から移動され寝かされていたようだ。

それにしてもここに入れる人物は限られている。

なら一体誰が話をしているの？　そうだ、フォルト!?

視線を巡らせてみても、フォルトの姿は見えない。でも、よく聞くと誰かと誰かが声を押し殺すようにして言い争っている声が聞こえてきた。

そのうちの一人はたぶんフォルトだ。

この空間が静かであるがゆえに、押し殺した声すらもうるさく感じてしまったみたいね。

そろりと移動して何を話しているのか聞き耳を立ててみる。するともう一方はよくよく聞いたことのある声――ジークの声だった。

「なぜレーナ嬢を巻き込む」

「さっきから何度も言っているが、質問の意図がよくわからない」

声を押し殺しているのに、怒っていることがわかるフォルトに対して、本当に何もわからないといったようにいつも通りのトーンでジークが答える。

「わからない？　この部屋でこれほど調べものをしたのはどう考えてもジーク、お前だ。積み上げられた本に目を通した。クライストに一体何があったんだ」

「……ハァ」

ため息が聞こえた。

「そうか。レーナが私と婚約したから、君も次の領主候補として教育を受けたのか」

空気がピリッとしたのを感知する。

やばい、一触即発の予感だ。

「ちょっと待ったぁぁ!!」

思わず飛びだし、二人の間に入る。

二人の視線の間に私が入って、まぁまぁとそれぞれの胸をポンポンとしてなだめる。

「とりあえず、落ち着きましょう。ここには貴重な書物がたくさんございますから一冊でも破損したら困ります」

私の声に、二人ともそれぞれため息を一つつき、お互いに背を向けた。

よし、なんとかクールダウンした。積んであった本は何冊か広げてあるけれど、フォルトも目を通したのだろうか。

二人が何も言わないものだからここは私が話さなければ——そう思って口を開いた。

「えっと、えっと……。二人は何が原因で喧嘩を？」

「『クライストの冬』」

答えたのはフォルトだった。聞き覚えのある言葉に目を瞬かせる。

「えっと、冬でございますか？」

そういえばアリアンテって人も言ってたわ。

『クライストの長い冬』と。

長い冬がどうとか、私の力でどうとか的なことだったと思う。

フォルトは何らかの情報をここの本を読むことで得たのかもしれないけれど、私にはピンとこない。

『冬』っていうのは、普通の春夏秋冬の冬でいいのよね？　なぜクライスト限定なの？

アンバーはそういえば常夏だったけれど、クライスト領には冬があるってこと？

冬が長いと除雪が大変だろうし。

遊びだってかなり制限されるから、なんて単純な問題では絶対ないわよね？

元いた世界で雪国に住んでいたおばさんなんかは、雪など降るな！　暖冬であれとか言っていたけれど。

そういう感じとはまた違うからこうなったのよね、きっと。

ジークを見るけれど、珍しく彼は私と目を合わせない。

「ジーク様」

「なんだいレーナ」

私が呼びかけるとジークから一応いつも通りの返事がある。

どうするべきなのか。

「先ほどの女性がどなたか心当たりがあるということでよろしいですか？」

えっ！　と驚くフォルトを左手でなだめて、少しでも情報を引き出すためにジークを見つめる。

「…………あぁ」

少し間をおいてジークはそれを肯定したのだ。

「なぜ、レーナ嬢を単独で呼び出したりしたんだ？　あれは明らかに危害を加えようとしていただろ？」

フォルトが疑問をジークにぶつける。

「それは、わからない」

「わからないじゃないだろ！」

要領を得ないジークの答えにフォルトが声を荒らげる。それを『まぁまぁ』となんとかなだめる。

クライストの長い冬は私が想像している冬とは違うのかもしれない。

それに冬を止めているとはいったい何なのか……

止めようと思って四季を止められるものなの？

考えてもわからないことだらけだ。

わかることは、私が狙われたということ。つまり、冬を何とかするためには、私をどうにかする必要がありそうってことくらいね。

どうせならそれも聞いてしまおう。

「クライストの長い冬を終わらせるのと私は、なにか関係性があるということでよろしいでしょうか？」

私の質問にジークはしばらく間をおいて頷いた。

なるほど、なんとなくしかわからないけれど、この辺にジークが私との婚約を維持したい理由があるような気がする。

レーナになった私が言うのもなんだけれど……政略結婚には、お互いのメリットが何かしらあるはずなのだ。

ジークは端正な顔立ちをしているし、レーナが惚れたからというのはわかるけれど……

レーナはというと、魔力量に優れているどころかお荷物状態。かといって容姿も飛びぬけていいとは言い難い。

ジークの出身地であるクライスト領とレーナの出身地のアンバー領は隣接している。だから、領同士の結束のための結婚なのかもしれないけれど、なぜ私だったの？

私より爵位の高い令嬢はいなくても、魔力量が優れている人はたくさんいる。

それこそ、私の取り巻きとなっているアンナやミリーのように。

ジーク自身も婚約に完全に乗り気ではないのは明らかだし……

ダメだわ、考えてもわからない。

いや、待って……私とジークの婚約理由はよくわからないけれど。

「私とジーク様が婚約したことも、クライストの長い冬と関係があるのでは？」

「……まったくないといえば嘘になる。君はあのユリウス・アーヴァインの子孫だからね。中には君なら奇跡を起こせるのではと考えている人もいるくらいだ」

なるほどね。

政略結婚だもの。何かしらの釣り合いがとれるものがあったというわけね。

そしてそれが、おとぎ話にも出てくるらしい英雄、ユリウス・アーヴァインの子孫ってわけか。

絶対に婚約を解消しないと言い張ったのも、婚約を解消したら困る理由があったと考えると筋道が通る。

でも私は知っている。

ゲーム内のジークは、何が何でも別れてたまるか！　くらいの執念を見せたレーナに対し、レーナの今後の社交界生活がどうなるかなんて一切お構いなしに、公衆の面前で私の悪行を並び立てた。

そして婚約破棄せざるを得ない状況に追い込み、婚約を破棄する。

でも、ばれたらやばいことがばれた後のジークは、かなりの歩み寄りを見せている。

きっとそれはジークの本心ではなく、何か婚約を万が一にでもレーナ側から破棄されたら困る理由があるからに違いない。

断罪し婚約破棄をしたということは、レーナよりクライストの冬を何とかできる何かを持っている人が現れたからと考えると自然なのかもしれない。

それこそユリウスの子孫だから奇跡が起こせるのでは？　と願う人がいるってことだけれど。

このゲームにはいるのだ、まさに本当の奇跡を起こせる人間が……

ゲーム内に描かれていたヒロインの能力は、家柄だけよくて能力値が伴ってないレーナとは違う。

貴重な光魔法の使い手だし、魔を浄化させるという特殊な力にも後半目覚めちゃったりする。

ゲーム内では、ヒロインとジークが上手くいけば、私との婚約は破棄される。

そうよ、魔を浄化させる力が、必要なんじゃない⁉

「魔を浄化させる力……それがあればどうですか？」

光魔法を操るヒロインが覚醒した後使える、魔を浄化できる力。

詠唱には時間がかかるが、まさにヒロインの最終奥義で、魔物を滅することができる。

この力があれば、たいていのことはたぶんうまいことといくはずだ。

そう言うと、ジークはポカーンとした顔で私を見つめた。

そうよね、そんな奇跡のような力が本当にあるだなんて考えたこともなかったでしょう。

うんうん、わかるわよ。

これでジークのお悩みも無事解決よね！

あーこんなに悩むことなかったじゃないもう～。

「いや……、魔を浄化させる力は必要としてない」

あれ……？

「えっ、では光魔法は？」

「光魔法？　光魔法は確かに貴重だが、なぜ突然それが話題に出てきたのかサッパリわからないんだが？」

　これでジークの抱えている問題も解決できるでしょう、とヒロインのもう一つの能力を引き合いに出してみたのだけれど、私の発言の意図がさっぱりわからないとジークに言い切られてしまう。

　アレ……、違った。

　いやいや、そんなはずはない。

　私との政略結婚がクライスト領の問題解決に繋がるのだとすれば、ヒロインのことを好きになったからなんて簡単な理由で婚約破棄を言い渡してくる意味がわからない。

　きっとその障壁は、愛で乗り越えられるものではないと思うのだけれど。

　ゲームではレーナと婚約解消するじゃない。そのせいでレーナに転生してから、安泰なお嬢様暮らしを手放してなるものか！　と奮闘することになったんだから。

　まぁ、奮闘した結果うまくいったかどうかはまた別問題なんだけれど。

「えっと、たとえばですよ。光魔法が使えて、魔を浄化させる力を持った女の子が現れたとしたらジーク様はどうされますか？」

「えっ、いや別に……どうもしないけれど……」

　私の突拍子もない質問に、先ほどまでのピリピリした空気はどこへやら。

　ジークはいつもの考察ポーズをすることすらなく、よくわからないという顔でどうもしないと即答してくる。

　思っていた答えじゃないんですけど！

『そんな女の子がいるのか！』となるかと思ったのに、まさかの完全にスルー。

　どうなっているの？

「光魔法と、魔を浄化させる力ですよ！　それでもって、可愛くて、胸もこう大きい」

　思わず両手で胸の大きさを見せつけてみる。

　そんな奇妙な動きと突拍子もないことを言いだした私を理解することを諦めたのか、とりあえずヘタに刺激せず愛想笑いしておこうという顔をジークは浮かべる。

「？」

　さらには、完全に私が何を言いたいかわからないと言わんばかりに首をかしげている。

　フォルトも何を言いたかったんだ？　と言わんばかりに不思議そうに私を見つめる。

　アレ……、てっきりヒロインの力があれば解決する問題だと思っていたのになんか違う？

　ゲーム上の婚約破棄のシーンってもしかして、愛だの恋だのに思いっきり冷めているジークがヒロインと本当に恋に落ちちゃって、家のしがらみとかも後先考えずに突っ走るというまさに恋愛小説的な展開が奇跡的に巻き起こった結果とでもいうの？

「レーナ、他の女性を君の代わりに差し出す必要はない。アレは私が卒業までに解決する」

　とうとうそうハッキリと言われてしまった。

「さて、皆が待っているからここを出よう」

アピールが足りなかったのでは？　と胸がたわわに……などと食い下がる私の話をジークは一刀両断して、この部屋からの退出を促した。

「出て大丈夫なのか？」

そうフォルトが切りだす。

「もう問題ない」

ジークはハッキリと、まるでことが片付いたことを知っているかのようにそう答えた。

ジークは、あの女と話でもつけてきたのだろうか？　どうやら面識もあるみたいだし。

なんだか物騒な感じがしたのだけれど、あれは気のせい？　彼女は私に何をしてほしくて呼び出したのだろう。

ジークに聞いたけれど、この件は終わりとだけ言われてしまう。

話す気がないみたいだ。私は、あまり納得のいっていない状態で秘密の部屋を後にした。

支えてもらわなくても部屋までなんとか歩いて帰れそうだわ。

とりあえず、一晩寝て身体が本調子になったら、ジークを捕まえて事情を問いたださなくてはいけない。

一度話さないと決めたら、彼はきっと話してくれないと思うけれど……はい、そうですかって引き下がるわけにはもういかない。

すでに危ない目に巻き込まれそうになったんだもの。私の安全のためにも説明は必要なはず。

そう思いつつ、いつもよりゆっくりと私は歩いていた。

「おいっ」

　そこで声がした。聞き覚えはある声だけれど、いつもよりも声のトーンがずいぶんと低い。

　私はゆっくりと振り向いた。

　そこにはすこぶる機嫌の悪い顔でシオンが仁王立ちしていた。

「あら、シオン」

　シオンは何かを言いかけていたのに、大きなため息を一つついて、言葉を呑み込み――

「無事だったんだ」

　ぽつりと呟いた。

　小言の一つや二つ……いや、小言の八つくらい言われるかと身構えていた私はちょっと肩すかしをくらった。

　シオンに話しかけられてからすぐに、私のところにリオンもやってきた。

「ご無事でよかった。魔力が弱くなった後、突然魔力を一切感じなくなったのでどうなったのかと思いました」

　どうやら魔力が急激になくなったこと、その後私の魔力が感知されなくなったことで心配させてしまったようだ。

　話を聞くと、二人が私の魔力を一切感じなくなったのはちょうど、秘密の部屋に入った頃だった。

　もしかして、秘密の部屋に入ると、血の盟約を結んでいても主の魔力を感知できないのかもしれない。

魔力を使いすぎた私は医務室で横になっていたことになっていた。

たくさん怒られるだろうかと思ったけれど、誰かが根回しをしてくれたようで、気をつけるようにとメイドが私に小言を言う程度でお叱りは終わった。

誰かわからないけれど、ありがとう。でも、今回のことに関しては、私は巻き込まれた被害者なのに……と心のどこかでは解せない気持ちがあった。

そして不気味なことに、あんなことがあったのにフォルトもジークも、あのシオンでさえ口を噤んでしまい何があったのかはわからずじまいだった。

次の日は念のため休むようにと言われて学校を休む羽目になるし。

アンナやミリーに昨日の出来事について何か知らないか？　と聞いてみたけれど、二人とも曖昧に笑い、わからないと言うのだ。

絶対に何か隠していると思うから問い詰めるのだけれど。

「詳しいことは本当に何もわからないのです」とはぐらかされる始末だ。

ジークはあの日から会いに行っても避けられているのか会えないし。

フォルトはフォルトで、思い返さないほうがいいと私を思いっきり蚊帳《かや》の外にしてくるし。

シオンならと思ったのに……

「せっかく平穏なんだから、これ以上自分から首をつっこみに行かないほうがいいんじゃないの？」

そんな正論をぶつけられる始末。

ならばリオンだ！　と医務室に行ったけれど、他の予定があるので時間がとれないとやんわり拒絶されてしまった。

アレだけのことがなかったことになるの？

皆が口を噤めば本当になかったことにできてしまうの？

疑問は残る。けれど私の周りはあのことには触れられないだけで、偽りの平穏が戻っていたのだ。

最初はそりゃ掘り起こして根掘り葉掘り！　という気持ちだった。けれど、誰にその気持ちをぶつけても曖昧にかわされ、避けられているとそのうち、たとえ偽りと嘘で塗りかためられていたとしても平穏な日々が続いていることに、抱いていたはずの恐怖心が薄れていきそうになる。

紅茶の話、嫌いな先生、好きな先生、イケメンの話、おいしいケーキの話。

次の休日は何をしようだとか、新作の鞄を手に入れたから見せ合いっこしようとか、私が本来望んでいたはずの穏やかな時間が流れていく。

そんな日々が続いて、いよいよ誰にもあの日のことを聞かなくなった。

そうなっていよいよ、すっかり忘れていて返しそびれた原稿用紙を返しに行くことになったのだ。

あれだけ会うのを心待ちにしていた、念願のニコル・マッカートに会えた。

けれど、逃げろと言わんばかりに鐘の音が激しくなったあの日の出来事を再び鮮明に思い返す羽目になるだけだった。

それでも私の中身はティーンの女の子ではないから、感情を誤魔化してはしゃぐ演技くらいはできる。私は表面上だけ、はしゃいでみせた。

あの日の出来事を忘れてしまったわけではない。

皆に聞いても答えないから、一時的に私から話題に出さないだけ。

シオンの時もそうだった。ゲームで見たのは事件の全貌ではない。ほんの一部の場面だけだ。

第二王子暗殺未遂事件は、シオンが一人で考えて実行に移したのではない。

学園にはシオンのほかに教会の息のかかった生徒が潜伏しているだけではなく、事件を影で動かしていた黒幕、魔剣を所有するグスタフがいた。

だから私は何も知らない女生徒を装い、あの出来事を――そしてジークが何を隠しているのか一人探ることにした。

ゲームに登場しなかった銀髪碧眼の人物。ジークと同じクラエス姓を名乗るアリアンテ・フォン・クラエスはすでに私の目の前に現れてしまったのだから。

私はすでにジークルートの取り返しのつかない分岐点まで進めてしまったのではないだろうか？

自分の身を守るために、以前のように知らない間に自分ではどうにもできないような状況に放りこまれないために、私は放っておこうと決めていたジークルートに深く関わる決意をして動き出した。

三　平穏のために

先日の事件でジークとの交渉材料に使っていた資料は、あの女に握りつぶされたためロストしてしまった。

ジークはちょうど私を避けている。ニコルが見つかれば書類を渡すという約束を、私が守ろうにも守れないことに彼は気がついていないようだ。もしくはすでにジークにとってあの資料は価値のないものになったのかもしれない。

でも約束に重きを置いていたジークのことを考えると、何か穴埋めは考えたほうがよさそうだ。

幸いこの資料に関しては、私の所持していたものはほんの一部であって全部ではない。

それに、残りの資料を持っているリオンと私は幸か不幸か主従関係。どMかもしれないリオンにこの手を使いたくはないが、最悪命令で残りの書類を手に入れることもできるのだ。

そんなわけでとりあえずジークの動向を探ろうとしたけれど、ジークの姿は学園のどこにもなかった。

ジークは目立つから、女の子に聞けば結構位置がわかる。

それでも見つからないということは、人目につかない場所にこもっているということ——つまり、潜伏場所は図書館の秘密の部屋に決まっている。

約束した資料はそのうちなんとかするとして。ジークがまず何を調べようとしているのかを知ることが私には必要だわ。でも、彼が利用している間に鉢合わせしてもいいものなのか……

出しっぱなしの本をしまわれたら何を読んでいたかわからなくなるし、きっとあの調子じゃ聞いても教えてはくれないだろう。

じゃあジークがいないであろう日中はというと、私も学校があるし、アンナとミリーは私が危険なことに巻き込まれないよう止めにかかるに違いない。かといって放課後はジークがいる。

休みもこの分だと当然ジークがいるだろう、となるとだ。

やっぱり夜しかないでしょう！

ゲームおなじみ、夜の散策発動だ。

夜の警備員の巡回ルートを必死に思いだす。そして、放課後はルートを想定して図書館へ移動する練習を行った。

やっぱり、散策するなら皆が寝静まった頃がいいわよね。

目覚ましを使えばメイドが起きるだろうし、かといってまったく寝ないで続けていると何回も図書館へは通えない。もちろん授業中寝る↓成績が下がるなんてコンボは回避したい。

睡眠はある程度取りたい！　ってことで私は寝るまえに水分をたくさん摂ることにした。

いつもはあまり飲まない寝室のティーポットも空にして、八時前には就寝した。


私の目論見どおり、尿意を感じて目が覚めた。

一時半過ぎか……ちょうどいい頃合いね。手早くトイレをすませて制服に着替える。

よし、行くわよ。

細心の注意をはらい、ドアを開ける。

普段はメイドがいるのであまり使ったことのない鍵で部屋の施錠をする。

生徒一人に対して何人ものメイドがいるのが当たり前だから、部屋の外に出れば誰かのメイドや従者と会うものだけれど、深夜の寮はいつもとは違い、出歩いている人は誰もおらず実に静かだった。

ジークの部屋の扉がタイミングよく開いたらどうしようと思ったけれど、今日ばかりはこんな深夜に誰かが出てくることはなかった。

ゲームではアイテムを捜したり、テストの不正をするために職員室に忍び込んだり、頻繁に抜け出したというのに、いざ自分が真夜中にうろつくとなると緊張する。

警備員の巡回ルートはわかっているから安全だとわかっていても私の心臓はうるさく高鳴り、寄り道などせずまっすぐ秘密の部屋に向かった。

秘密の部屋は先日来た時よりひどい有様だった。

ジークなりに分類しているつもりなのだろうが、本がタケノコのように積まれている。

「まったく、読んだらちゃんと片付けなさいよね！　これだから貴族の坊ちゃんは……」

もう秘密の部屋がゴチャゴチャだわ。

まぁ。だからこそこうやってジークが何の知識を手に入れようとしているのかがわかるわけだけどね。

おそらく上に積んであるものが最近読んだものだろうから、下から一冊抜いて目を通してみよう。

理解できるかどうかわからないけれど。

最初に手をつけたあたりは、おそらく医務室の鍵を突破するためだったようで、さまざまな鍵の解錠の仕方についての本であった。なんて恐ろしい知識までここにそろっているんだか。

でもこの解錠に関して今はもう関係のない知識ね……せっかくきたけれど今夜ははずれ。

朝方になれば学園に生徒が来るから私は夜の間に部屋に戻らなければいけない。だからここにそんなに長居することはできない。ジークに私が本に目を通していることを悟られないように、同じ順番で本を積み直す。これでよしっと。

そして私は自室へと戻り二度寝をした。

そんな秘密の部屋通いの生活が始まった。

次の日、私が読んだのはアンバー領の本だった。

常夏である気候や産業のこと。そしてよほどすごい人物だったのだろう、レーナのご先祖様であるユリウス・アーヴァインについて、まるでおとぎ話のようにかつての武勇伝が書かれていた。

他の本を見ると、ユリウスはアンバー領だけではなく、他の領地の困りごとも魔剣を使って解決していた。まさに英雄という言葉がふさわしい偉人。

本を読み切って、ふう、と息を吐く。

「魔力量が多い雷魔法の屈指の使い手で、魔剣の保有者。しかもその魔剣は敵の属性に合わせて刀身の色が変化するチート仕様とか……ラノベの主人公みたいな人だったのね」

ユリウス・アーヴァインはかなりすごい人だったみたい。

レーナのご先祖様だけれど、レーナとユリウスの共通点といえば、鮮やかな金の髪と緑の瞳くらい。むしろ、直系のはずのレーナより、傍系だけど、外見と雷魔法の使い手で魔力量も多いところとか、フォルトのほうが共通点が多いような……

フォルトにない私とユリウスの共通点といえば、どちらも魔剣の主ってことだけれど。

片や他の人が使いこなせない、すごい魔剣を使いこなしたくさんの人を救った英雄。

片や魔剣の収納だけはできたけれど、取り出すことができないポンコツの私……むなしくなってきた。

って、目的から脱線してしまっている。

事件はアンバー領じゃなくてクライスト領で起こっているのだから、ご先祖様の武勇伝がまとめられた小説を楽しく読んでいる場合じゃないわ。

面白おかしく小説のようにまとめられていた本のせいで、無駄に時間を使ってしまった。

クライスト領についてもっと目を通しておかないと……

私とジークが婚約した最大の理由がご先祖様ってことで軽く目を通すだけのつもりが、ラノベの主人公のようにかっこよく数々の問題を解決するご先祖様の武勇伝が面白くてついついじっくり読んでしまった。

常夏のアンバー領と隣接しているにもかかわらず、クライストには四季があるのね。

特に、冬は長く雪がたくさん降る豪雪地帯のようである。

クライストは長い冬のため、食糧問題をはじめとして他の隣接する領地に頼る面が多いようだ。

『クライストの長い冬』——ぴったりのキーワードが出てきて、私は手を止めた。

『長い冬が一刻も早く終わってほしい』とアリアンテが言っていたことを思い出す。

……アンバーが常夏なこととご先祖様は何か関係があるのかしら？

その子孫を嫁にもらった貴族が治める領地では常夏の恩恵を受けられるとか？

とにかくこれは今回のことに少し関係のありそうな資料である。

そう思ってページをめくってみたのだけど、あー今の私じゃわからない。

フォルトはここに積み上げられた書物に目を通して何かに気がついたみたいだけれど。

領主としての教育を受けていれば、私でも何か気がつくことができたのかな？

今わかったのは、一見すると適当に積まれているだけの本は、一応ジークなりに内容ごとに仕分けされているのかもしれないということ。

なぜかというと、今私が目を通したあたりに領地について書かれた書物がまとめられていたからだ。

つまり、ジークは秘密の部屋に収められている歴史の表舞台には出せない本たちの中から、領地についての情報を集めていたということになる。

とりあえず最近の記録ではなくて、もっと古そうな本を読んで過去を知る必要がありそうだ。

領地については、後日フォルトにクライストのことについて聞いてみることにしましょう。

そんな風に私のこっそり部屋を抜け出して行う読書の夜は続いた。

そして、三週目くらいのことだった。領地関係の本をようやく半分以上読み漁《あさ》った時だ。

一冊の本にこう書かれていたのだ。

『クライストの冬は短く、いろんな作物を育てるのに適している』

——クライストの冬が短い？

前に読んだはずの本を掘り起こし、該当するページを開く。そこには記憶通り、クライストの冬がいかに長いかについて記載されていた。

……四季ってある年から突然がらっと変わるものなのだろうか？

そう思って、本を読み進める。やっぱりその本には、クライスト領は豪雪地帯などとは書かれていない。

雪もめったに降らないと書かれている。

なんだこれである。

雪は降るの？　降らないの？

短い冬が長くなるような何かが起こったとしたら、それがクライストの長い冬と呼ばれるようになったのだろうか？　ってもう時間だ。

そろそろ戻らなきゃ。もう、時間が全然足りない！

秘密の部屋を出るまでに部屋を見渡すと、ぞっとする。

ジークによって目を通され、積まれていった本たちは、日に日に増えている。

これだけの量、どう考えても楽しい読書とはいえないだろう。それこそ本棚に本を戻す時間すら惜しんで、読み漁《あさ》っていると判断するのがふさわしいこの部屋は、いつも通りのジークとは違って見える。

この部屋の現状はジークの心の悲鳴のようだ。

「ジーク。あなたは一体この部屋で何を求めてるの？」

日に日に増えていく積まれた本の山を見つめて、私はポツリとつぶやいた。

それから秘密の部屋を後にし、校舎から出ようとして立ち止まった。

「嘘、雨だ……」

土砂降りだった。

寮からここに来る時までは降っていなかったのに、読み物をしている間に天候が崩れたようだ。

晴れの日のほうが多かったし、ゲームでは雨の日はイベントの日くらいで後は天気の描写もろくになかったからずっと晴れの印象があった。

そうよね、普通雨の日くらいあるわよね！

どうしてそんな当たり前のことがわからなかったの？

メイドたちにばれたらダメだとわかっていたのに、なぜ私は傘を持ってこなかったの。

このまま土砂降りのなか戻ったのでは制服が濡れてしまう。

制服が濡れてしまえばなぜ濡れたのか？　ということが問題になり、私が夜中に抜け出しているのがばれてしまうかもしれない。それはまずい。実にまずい…………

どうしようとウロウロしてみるけれど。

雨を私が止められるはずもない。

誰かが置きっぱなしにしていた傘を借りるということも考え、拝借した傘のいいわけをどうするか……

そう思っていたけれど、傘の一本すらない。

確かに、傘も学園指定されているものだから高価だし、貴族は傘がなければメイドが持ってくるだろう。

何とか手に入れた庶民は盗まれたらたまったもんじゃないと、置き傘は用意しないのかもしれない。

時間は無情にも過ぎていく。とにかく朝になって部屋に私がいなかったら問題になる。

幸い雨は先ほどよりも止んではきている。

とりあえず走るかと思って飛び出した——のはいいけれど、すぐにびしょ濡れになってしまった。

こんなに濡れるわけにはいかない。諦めて近くの屋根のあるところに避難する。でも、もう夜明けが近い時間になっていた。見張りに見つかってもまずい。

どうしよう、どうしよう。

「ねぇ、もうこんなことやめない？」

一向にやむ気配のない雨を眺めていると、そう話しかけられた。

声のほうを向く。そこには学園のロゴが入った黒い大きめの傘をさしたシオンがいた。

思わず笑顔になってしまった。

「シオン！　ちょうどいいところに。理由は聞かず寮まで傘に入れて」

この通りとお願いのポーズをしてみるけれど。

「ヤダ」

あっさりと断られてしまった。不機嫌そうに眉をひそめて彼は私を見つめる。

「お金もちゃんと払うし、だから」

「ヤダ」

即答である。

「もう、ならなんで私に話しかけたのよ。入れるつもりがないなら期待させないでちょうだい」

「はぁ……僕がこんな時間にここにタイミングよく現れたのが不自然だと思わない？」

ふてくされる私に、めんどうくさそうにため息を一つついた後シオンはそう言った。

確かに、タイミングが良すぎる。

時刻は明け方前。気晴らしに外をうろつくような時間ではない。

ようやく何でどうしてという疑問が浮かんで、私は不安になってシオンを見つめた。

シオンはそれ以上何も言わない。普段は饒舌で毒舌な彼が何も言わないので、私も考察モードに入る。

本当にどうして彼はタイミングよくここにいるのか。

私は魔力切れしていない。つまり主の危機を感じたわけでもないから、シオンとリオンに私の居場所がわかってしまうという条件を満たしたわけではなさそうだ。

現に今ここにいるのはシオンだけだ。

シオンの顔をちらちらと見てみる。

いつものように、ひどくめんどうくさそうに、傘をさして彼はそこに立っている。

とりあえず丸腰のようだけれど、シオンは体術を使うからな……

というか、誰と戦うことになっても武器の所持の有無で私の勝敗が決まるわけではない。

戦闘経験なんてあるわけないし、魔力もしょぼい私では、たぶんニコル・マッカートにすら勝てることはないだろう。

いや、待ってシオン私と戦う気なの？　だとしたら、今の段階ですでにやる前から勝敗わかっているよね。結果が決まっているから、いつものようにやる前からやる気なさそうなの？

「どう？　考えはまとまった？」

私があれこれ考察しているのはお見通しなのか、少し時間がたってからシオンが再び口を開いた。

……全然考えまとまってないよ。

とりあえず、彼がここに現れたのは偶然ではなく必然だったのだろうことだけがわかる。

「シオンが私のところにタイミング良く傘をさして現れたことは、偶然ではなくて必然だったということでよろしいですか？」

「そうだね～」

力の抜けるような返事である。

「えっと、具体的になんの用があって現れたのでしょうか？」

「さっきも言ったけれど。もうこういうこと止めない？」

私が夜中に抜け出して調べ物をしていることをやめろと言っているのだろう。

私はもう一度おずおずと聞いた。

「いつから気がついてました？」

「先に気がついたのは僕じゃなくてリオン。二週間くらい前かな。レーナ様、夜に抜け出したりしていないか？　と言われてさ。レーナ様の下僕にしておくのが惜しいくらい、悔しいけど治癒師として以外の面でも優秀だよね彼」

「そんな前から……」

どうしてリオンが私の行動に気がついたのかがわからない。そう思った私が、不思議そうな顔をしていたからだろう。

シオンはため息をつくとこう続けた。

「顔色と様子からして睡眠不足じゃないかって。夜中にレーナ様が抜け出した現場を実際に見るまでは僕もリオンも半信半疑だったよ」

「睡眠不足……」

完璧な作戦だと思ったのに、まさか治癒師としての視点から気がつくなんて！　寝不足の理由を探られて、夜歩きがばれるだなんて完全に想定外だ。

「それで？　いつまでこんなこと続けるつもり？　こっちもさ、時間帯バラバラで毎日やられたんじゃさすがにリオンと交互とはいえ寝不足なんだよね」

グッ……うまくやれていると思っていたのに。

シオンの口ぶりから、ばれていただけじゃなく、おそらく途中からは護衛も兼ねて私が部屋を抜け出すのを見守っていたんだろうなと思う。

出ていく時間帯がバラバラなのは、私が尿意を感じて起きる時間が毎日微妙に違うからなんだけれども……

「リオンが情報を得るためにも泳がせたほうがいいって言うから今日まで続けたけれど。一体こんな夜中に一人でレーナ様は図書館で何やってるの？　どこに消えるの？　聞きたいことがいろいろあるんだけど」

「それは……」

シオンにはジークの件には関わりませんと宣言している。

なんて誤魔化せばいいの。

黙り込んで俯くと、シオンは私の顔を覗き込んだ。

「なんて弁明するか考えるのは構わないけれど、制限時間は後五分ってところかな。どうしてレーナ様が学園の警備の巡回ルートと、おおよその移動時間を知りえたのか知らないけれど。巡回ルートを知ってるならもうわかってるよね？」

私の目をじっと見つめてシオンは言葉を続けた。

「もうすぐ警備員が来る。僕の満足できない答えだった場合は、レーナ様はここで警備員に見つかるか、濡れた服が見つかって夜の抜け出しがメイドにばれる」

にっこりとシオンが笑った。

ヤバい。

雨にすっかり気を取られて、警備員の巡回ルートがよくわからなくなってしまっていた。うかつすぎる。初歩的なミスだ。ヤバいヤバい。

どうしよう、なんて言えばいいの。

ジークのことを調べていましたって正直に白状すれば、シオンとの約束を破ったことになる。

それでシオンに去られたら私は終わり。

傘はすぐそこにあるというのに、いい言い訳が浮かばない。

どうしよう、時間が。

これじゃどっちがご主人様なんだか……ってアレ。ちょっと待てよ？

私が命令すればシオンは私を傘に入れないといけなくなるはず。

むしろ、傘を私によこせ！　と言えば彼は傘を渡すしかない。

私が警備員に捕まることを望むのであれば、私の前に姿を現さないことが正解だったはずだ。

私はさっきまで命令を失念していたけれど、命令される側であるシオンがそのことを失念していたとは思えない。

もう時間がない、その疑問を聞き出すのは傘に入れてもらってからだ。

「シオン」

「何？」

「命令よ、私を傘に入れてここから離れなさい」

私が強くそう望んで言うと、シオンは苦々しい顔をした後、私の手を引っ張り傘の下に入れてくれた。

そのまま一言も話されることはなく先ほどの場所から移動する。

シオンの顔は不機嫌そうだ。そりゃ、命令でねじ伏せたんだから仕方ないのかもしれないのだけれど……

「シオン」
「何？」
「ごめん」
「謝るくらいならしないで」

まったくもってその通り、けれどあの場所から逃れるにはこれしかなかったのだもの。

でも、それ以上文句を言ってこないということはある程度私の考えはあっていたんだと思う。傘の中で、私は視線をシオンに向けた。

「私の前に姿を現した目的って私に夜の抜け出しを諦めさせることじゃなかったんじゃない？」
「何でそう思ったのさ？」
「だって、命令って手段があることをシオンが忘れていたとは思えないし。私の夜の抜け出しを止めることが目的だとすれば、シオンがそのまま姿を現さないだけで十分だったでしょ？」

警備員に見つかるか雨に濡れることで私の抜け出しを止めるって目標は達成されたはずだ。それに、万が一警備員や雨を上手く切りぬけたとしても、メイドにレーナが夜部屋を抜け出しているみたいだと言えば終わる。

シオンが姿を現す必要はやっぱりない。そう言うと、シオンがため息を吐いた。

「はぁ……鈍いところは鈍いのに。変なところだけ鋭いよね」

今日のシオンはため息が多いわね。

「人間優れているところの一つくらいはあるものですよ」

珍しくほめられたことで、寝不足もあってドヤ顔をしてしまう。

「抜け出す理由がわからないと、夜を防いだところで、次は僕もリオンもわからないところで暗躍されると危ないじゃん。だから抜け出す理由を知りたかったの」

あー、私を心配したからってこと⁉

シオンの口から出てきた理由に、先ほどまでのドヤ顔が恥ずかしくなってきてしまう。

「とにかく、私なら大丈夫よ。今度も上手くやるから」

「どうして一人でやろうとするのさ、皆が心配してレーナ様を面倒ごとから遠ざけてるのがわからないの？」

「皆こそ、どうして不自然なほどになかったことにして、私を平穏な生活の中に閉じ込めようとするのよ？」

これは今回に始まったことではない。

ニコル・マッカート探しでも、私は他の生徒に話しかけることもままならなかった。

教会の人間を捕縛したときもそうだ。最初から私を魔力切れにして動けないようにした。

「それは、レーナ様はアーヴァインの直系で……」

「私は領主教育を受けておりませんから。ジーク様と婚約を解消してもアーヴァインは継げません。頭のできも魔力についてもシオンも知っているでしょう？」

淡々と事実を告げる。

「公爵令嬢に何かあったら問題じゃん」

「グスタフの時もそうですが、私は確かに公爵令嬢ですが、フォルトは領主教育を受けた次期領主候補。どう考えても私よりフォルトのほうが守られるべき人材だったのでは？」

「フォルト様と違ってレーナ様の魔力って乏《とぼ》しいし、身体強化すらできないじゃん」

それは確かに事実だけれど。

フォルトやアンナやミリーのアンバー組はともかく、なぜシオンがそこまで気にかけてくれるのかがわからない。

「僕がレーナ様を止めるのに明確な理由はいる？」

シオンの歩みが止まる。

「わざわざ、止めに来ているのに理由は特にないというほうがおかしな話では？」

傘からはみ出てしまうから私も止まり隣のシオンを見つめた。

「そっか……」

シオンの傘を持ってない手が私の頬に触れた。

なんだ、なんだ。

口を尖らせ不満顔で見つめ返される。シオンの顔がゆっくりとこちらに寄る。

キスの一つでもしようというのか彼は……

ガンッ。

「痛っ!!　えっ……頭突き？　はっ？　どういうこと」

おでこに走る衝撃。

ほんの一瞬キスされるかと思いました。だって乙女ゲームだもん。

なんかこれはもう、来たかなぁって。

はい、やっぱり勘違いでした。

思わず両手でおでこを押さえた。

前回も頬を引っ張られる定番だと思ったら豚鼻でした。

そうでした……私だと乙女ゲーム的な展開にはならないのだった。

そして、細やかなことではあるが、頭突きをしたシオンは当然私を害する扱いになったようで、何か盟約のペナルティを喰らったようだ。眉をひそめている。

「痛いでしょ。怪我したらもっと痛いよ……」

「そうね……無茶をしないように肝に命じておきます」

そう言って私はおでこをさすった。

寮まで送ってもらった。

最後に念押しといわんばかりにシオンは言う。

「怪我をしたら痛いんだからね」と。

ただ、それからも私は相変わらず夜の抜け出し生活を続けていた。

しかし、肝心なところまでは掴めない。

また誰かが襲ってきたら……とは思っていたし、私だけでなく私の周りもピリピリしていたが襲撃もなかった。

平穏な昼間と、平穏を維持するための平穏ではない夜が交互にやってくる。

そして物事とはいつだって突然に始まるのだ。

ジークの誕生日である十二月二十五日が近づいてきて、私には誕生日プレゼントをどうしようかな？　という平和な悩みができていた。

私とジークがラブラブからはほど遠いとしても、婚約者にプレゼントを何も渡さないわけにはいかない。ジークが選んだわけではないだろうが、一応私の誕生日にもプレゼントはもらっている。

ゲームの世界ではクリスマスがない。代わりに短い年末の休みに入る前日ということで、毎年ダンスパーティーが開かれている。

そしてパーティーの前には、当然お約束のテスト期間がある。

さすがの私もテスト前は夜の抜け出しを止めた。成績がギリギリの私とは違い、優秀なジークはテスト期間もお構いなしに時間があれば相変わらず秘密の部屋に通い詰めているようだけれど。

護衛しているリオンとシオンにはテストが終わるまでは夜抜け出しませんと宣言した。

まぁ、まだまだ通わないとだからテストが終わればまた通うのだけど。

二人の疲労もすごそうだし。

私が毎回水分をたくさんとって尿意で目を覚ますという方法をとっているために、二人は私がいつ部屋を出てくるかわからないのだ。そんな私を、二人は夜ごと交互に見張っているらしいし、テスト前にそんなことしたら、シオンの成績も悪くなってしまいそうだ。

そんなテスト期間が終わってすぐのこと、ジークからダンスのお誘いの手紙が届いた。

アリアンテに会った日以来私はジークに避けられていてまともに会えていないままだから、久々に顔を合わせることになる。

気まずさがないかといえば嘘になる。

婚約者なのにこれでいいのかと思わないこともないけれど、転生する前から避けられていたから、私とジークの関係はこれがむしろ普通なのかもしれない。そもそも、夏の間の歩み寄りのほうが異常であったのだ。

手紙も代筆者が書いたのだろうか、またも定型文じゃない……

テストが終わってほっと息つく暇もなく、パーティーの準備が始まった。

テスト期間中に荒れた肌はエステだ！　過酷なテストを終えた後だ。体形が変わっている可能性だってある。ドレスはこれで大丈夫か？　サイズ調整は？

ほんの少しだけ春から比べて伸びた背。

あまり成長を感じられない胸。

ドレスのサイズも形も、時間の流れと私の成長に合わせて少しずつ変わっていく。

そんなドレスが本決まりになれば、次は髪型。化粧は、今の流行を取り入れた色が似合うかをまずは試して、それからアクセサリーの最終打ち合わせ。

ダンスパーティーは二度目だし、このやり取りも経験済みなのでなんとなく段取りがわかるのだけれど。

とにかくにもこれが忙しい。忙しい。

秘密の部屋通いは、ダンスパーティーが終わってからしか無理。さすがに死んでしまう。

今はまだ王立魔法学園の一年生。ゲームの終わりである六年生まではまだまだ十分すぎるほど時間があるのだから……久々にパーティーを楽しもう。

今回のパーティーは一体どんなメニューが並ぶか楽しみだわ。

新しい季節のドリンクみたいなのはあるのかしら？

デザートも捨てがたいわよね。冬はやっぱりチョコレートみたいなところあるじゃない。

私、チョコレートには目がないのよね。

今回はダンスを踊れるようになったから『私もイケメン先輩と踊れるかしら？』とか『ドレス何色にした？』という話題でいつもの三人で盛り上がった。

今度こそ私もイケメン先輩と踊って、ミリーのようにイケメン先輩と踊った自慢をしなければと私は意気込んだ。


ダンスパーティー当日。

学園都市ではあまり雪が降ることはないとはいえ、十二月末はさすがに寒い。

今回は髪もおろしてふんわりと巻く。巻くといってもレーナお馴染み縦ロールではなくゆるふわって感じだけど。

高そうな髪飾りをつけて、なんちゃらっていう相変わらず覚えられない人気のデザイナーがデザインした貧相な胸をカバーするドレスを身につける。最後に新しいヒールの靴を履いて出かける直前に口に紅をさしてもらった。

ドレスの上にローブをはおり、小さなこの鞄に入るように考えて買ったジークの誕生日プレゼントを忍ばせる。

そして、前回とは大きな違いが一つ。

パーティー会場集合ではなく、ジークが私の部屋に迎えにやってくるのだ。

さすがに私の部屋の真ん前がジークの部屋だから、これで迎えに来ないのはさすがにどうかって話だけれど。

「ごきげんよう、レーナ。今日はいつもより綺麗だね」

相変わらずのいつもの愛想笑いを彼は浮かべる。『いつもより』は余計である。ここは『綺麗だね』だけでいい。

「お久しぶりです、ジーク様。お褒めいただき光栄です。手掛けたメイドも喜ぶと思いますわ」

ジークのお世辞をさらりと流し、差し出されたジークの手に自分の手を重ねる。

ほんの少し会わなかった間に彼の背が伸びたような気がする。

まぁ、最終的に百八十センチを超えるのだから伸びて当然なのだろうけれど……

いつプレゼントを渡そう。今日はなんの話をしよう。

というか、あの女のことは聞いてもいいの？　誕生日だから今日はやめておくべき？

久しぶりだからちょっと気まずいけれど、いろんなことが頭に浮かぶ。

ヒールの私に合わせていつもよりゆっくりとジークが歩いてくれる。

寮から出ると外の風は冷たい。ローブを着ているけれど、下のドレスはノースリーブだからやっぱり寒い。

晴れていてよかった、これで雪でも降った日には本当に死ねる。

真冬にガーデンで結婚式とか何考えてんのなんて、一瞬以前の懐かしい記憶がよみがえってふふっとその懐かしさに笑みがこぼれた。

——二度目のパーティーが始まる。


コートとローブ、それから鞄をクロークに預けて、待機室に移動する。

ざわざわとした人の声とチューニングしている弦楽器の音。

ヤバい、緊張してきた。

前回は、ダンス中に三回もジークの足を踏んだ。

踊ったことなどなかったからそれはしかたないことだったけど、また今回もとなればさすがに怪しまれるかもしれない。

アンバーにいたときはちょいちょい踊るようにしていたのだけれど、学園に戻ってからは一度も踊っていない。

ハラハラしていると、隣からわずかに手を引かれた。

「レーナ……聞いているかい？」

「ふぁい！」

あっ、何度か呼んでいたみたい。

ダンスどうしようってことで頭がいっぱいで全然聞いていませんでしたよ……

適当にへらっと愛想笑いしてみるけど、聞いてなかったとわかったようだ。ジークの表情が呆れたようなものに変わる。

「また、聞いてなかったのかい？　まったく上の空だけれど、ちゃんと踊れそうかい？」

やれやれと言わんばかりである。

「えぇ、そのことで緊張しておりましたから」

ジークがこちらに右手を差し出す。

気がつけばすでにホールに皆出始めているではありませんか、セーフ。

差し出された彼の手に自分の手を重ねる。

いざ出陣である。

少し歩いてジークが立ち止まりこちらを見た。

「今夜は楽しもう」

いつもの愛想笑いではなく、碧《あお》い瞳をほんの少し細めてふわりと笑うと、ジークはらしくない台詞と共に私の手を握りなおしホールへと出た。

シャンデリアは相変わらずキラキラと煌《きら》めき、色とりどりのドレスを着た人たちが視界に入る。

公爵家同士とはいえ、我々は一年生だ。フロアーの端のほうでダンスを踊るべくホールドを組む。

ざわつきが消え、それぞれがホールドしたのだろう。

布のすれる音すら聞こえない。

緊張で自分の心臓の音がうるさいくらい聞こえた。

さぁ、一曲目が始まる。

足を踏みませんようにとリードに合わせて踊り出す。

あれ、あれ、せっかく練習したのに。

なんか緊張しすぎて頭真っ白かも。

そんな時ジークがぽつりと私にだけ聞こえるように言った。

「今夜は踏まないのかい？」

意地悪な質問だ。

「えぇ、今回は踏む理由がありませんから。お望みなら踏みますが？」

でも、そこは挑発に乗らず、ニヤリと笑って切り返す。

緊張が薄れて、私は練習したようにステップを踏み始めた。

曲はあっという間に終わった。

緊張していたけど、なんとか踊りきった。肩の荷が降りた〜、今回は足も踏まなかったしね。

さて、待っていてね。おいしいお料理たち。

体形の維持は大切ですからと言って、この数日間食事制限をさせられたうっぷんを今夜こそ晴らすわよ。

手早くダンスホールから捌けようとするけれど、ジークはそんな私の手首を掴んだ。

「……もう一曲踊らないかい？」

ご飯は惜しい。――でもジークがこう言う理由もわかる。一曲踊っただけでジークをリリースすれば、また前回のパーティーのようにこれ幸いと女子生徒が群がって餌食になるんだろう。

……テスト期間中も相変わらず秘密の部屋に通い詰めていたから疲れているんだろうなぁ。

これくらいはしかたないわね。

一つ大きな貸しなんだからと心の中でつぶやいて、私はジークに向き直ると手を差し出した。

するとジークの望み通りもう一曲踊ることにしたのに、なんとも言えない表情でジークは再び私と手を重ねた。

再び踊りだしたけれど、ダンス中に何か話すことは特にない。

音楽に合わせて淡々と踊る。

そして、一曲はすぐ終わった。

今度こそ義理は果たしたわよ。

まず腹ごしらえをして、イケメンはそれからね！

勇んでホールを後にしようとするけれど、ジークが私の手を離してくれない。私はとうとうジークに切り出した。

「ジーク様、一度何か食べたいのですが……」

「もう一曲、踊らないかい？」

よっぽど女子生徒に囲まれ、もみくちゃにされたのがトラウマになってしまったんだろうか。

前回のパーティーでジークもフォルトも女子生徒に囲まれて、食事はもうとれなそうな感じだったもんなぁ。

しゃーなし、もう少し付き合ってあげますかって踊ったんだけれど——結局何曲踊ったの？

六？　七？

婚約者同士といえども、他の皆はさすがに一度下がってしまっている。

フロアでずっと踊り続けているのは私達くらいだ。

何か会話が盛り上がっているならそのまま続行でもいいのよ。

でも、盛り上がってはいない。

なぜ、なんで？　どうして？　ジークが何を考えているかわからないわ。

盛り上がってないからこそ周りの様子が気になりだす。

あぁ、アンナあなたが今踊っているイケメンの先輩はいったい誰なの……

ミリーとだったらすぐにその話題で盛り上がれるのに。

婚約者相手にその会話の選択はダメってことはわかる。

それからさすがに、ほら、そろそろね？　とジークに圧をかけてみたり、ダンスの最中に、のどが渇いたなどとアピールをしてみたりするけれど、普段は気づかなくていいところに気がつく癖に、今回は意図的に見ないふりをしているようでジークが私を離さない。

どういう意図なの？

もうこれだけ踊ったら牽制としては十分だと思うわよ。

なんだったら、一緒にいろいろ食べたり飲んだりしてもかまわないからいったん踊るのやめない？

「さすがに疲れました……」

やんわりと飲み物を一度飲みませんか？　と言っても、『もう一曲だけ』の繰り返し。

これはホントだ。しかし、ジークは私を見てこう言うだけ。

「もう一曲だけ」

「先ほどからずっと同じことを言われていますよね？」

「もう一曲」

「あぁ、もうこれで最後、最後ですからね」

「ありがとう」

よほど女子生徒に引きずられてダンス地獄になったのがトラウマにでもなったの？

それにしても、ジークは口がうまいからここまでしなくても……

「あの、どうかしたんですか？」

「ん？」

「変ですよ今日？」

ズバリ直球でぶつけてみる。

「そうかい？」

「何て言うか、らしくないですよ……」

私がそう言うとジークは目をいつもより見開いたけれど、すぐにいつもの顔に戻る。

「らしくないかな？」

「というか、すぐに表情を取り繕わなくても。今さらといいますか……」

「そうか」

なんとなく気まずいままダンスがちょうど終わる。

私は今度こそとホールを後にしようとして、彼の瞳を見つめた。

ジークが手を離さないのだ。まだ何かあるの？　と言わんばかりに見つめ続けていると、ゆっくりとジークの手は私から離れた。

よし、とりあえず料理より先に飲み物だわ。

私はボーイの方に素早く移動する。でも、ジークのことが気になって少しだけ振り向く。

するとジークは少しの間その場にいたが、ゆっくりとした足取りでホールを後にした。

女子に囲まれるからその前に退散てやつかしら？

もう飲み物くらい一緒に飲めばいいのに。

そこまで考えて、足を止めた。

あーーーもう一応婚約者だからしかたない、ドリンクは後だ！

私はジークの後を追った。

会場を出てあたりを見渡すと、一人会場を後にして歩いていくジークを見つけた。

あっ、いたいた。うー寒すぎる。

もう、女子生徒に囲まれるからっていくら何でも、この寒い季節に外に行かなくても。

お陰で追いかけてきたのはいいけど、コートを預けたままだから長くは外にいられないわよ。

夏前のパーティーと違って、この寒さだ。

会場を抜け出してイチャイチャするカップルは誰一人としていない。

ほんの少し外に出ただけなのに、ダンスで火照《ほて》った身体ですらすぐに熱が引いてもう勘弁してよと思うくらいだもの。

戻ったら冷たい飲み物じゃなくて、温かい飲み物にしよう。

「ジーク様！」

聞こえるように声を張り上げる。

まったくこの寒い日に薄手でコートも着ずにいたら風邪をひくわよ。

不本意ではあるけれど、どこか様子もおかしいし、とりあえず会場に戻るよう声掛けしよう。

そして、今日くらいは他の女子生徒がジークを誘えないように隣を陣取って、料理で舌鼓をうつことにしよう。

私が呼ぶと彼はゆっくりと振り返った。

「やぁ、レーナ。やっぱり来たね。わざわざ口に出さなくていいよ。私も聞きたくなくて今日まで君を避けていたのだから……」

ジークの言葉が一瞬詰まり、それから決意したような顔で言葉が紡がれた。

「婚約を破棄しに来た——そうだろう？」

いや、そうじゃないけど。

風邪を引くかもという優しさなんですけど。

「了承した。風邪を引くと大変だからレーナは先にホールに戻って」

しかし私の言葉なんて聞こえていないように、ジークは勝手に何かを了承すると勝手に完結してしまう。それから彼は私に背を向けて歩き出した。

——婚約破棄だなんて一言も言ってないんだけど？

ジークに歩み寄り、彼の腕を掴む。

とりあえず誤解を解くのは後よ、後。

とりあえず引っ張っていって暖かいところで話すことにしよう。

紅茶……お酒をホンのひとたらししたやつがいいと思う。今は未成年で飲めないんだけれど。

そんな優しさを向けようとしたはずだったのに……、ジークは私に背を向けたままポツリと言った。

「………君の顔なんて覚えなければよかった」

「えっ」

縦ロールのせいで印象が薄いのではなく、わざと覚えていなかったということなのか。それとも、ずっと覚えないようにしていたということなの？

言われてみれば、いくら興味がないとしても、優秀なジークが婚約者の顔を覚えないでいるのはあまりにもおかしかった。だからジークが意図的にレーナの顔を覚えないようにしていたとなると納得できる部分がある。

でもなんで今そんなことを……？

理由を聞こうと、ジークの腕を掴む。すると、さらにジークは悲しそうな表情になった。

「形だけとはいえ親しくしなければよかった」

「えっ、何!?」

「君が嫌なやつならよかった……」

「ジー……ク様……？」

ジークは腕を掴んだ私の手を払い、こちらを見た。

その瞳は不安げに揺れる。いつも愛想笑いして、何を考えているのかわからない表情なのに、今は感情が表に出ていて普段と違い、実に人間味がある。

ジークは、白い息を吐き出しながら、私に言った。

「――そしたら、私は君を差し出せたのに」

先ほどまでは晴夜だったのにハラリハラリと雪が舞い落ちてきた。

差し出す？　私を？　誰に？

いや、そんなことよりも、こんな薄着でいつまでもここにいるわけにいかない。吹雪《ふぶ》いているわけではないけれど、雪も降ってきているのだ。下手したら、誰かに差し出される前に凍死してしまう。

ジークを落ち着かせようと再度彼に手を伸ばす。

まだ誕生日プレゼントも渡してないし、料理だって食べてないし戻らないと。

なのに。

「お願いだ、私の決意が変わる前に……一人にしてくれ」

震える声と白い息で、そう断られてしまった。

ここで置いていって、寒さで何かあったではやはり気分が悪い。

どうみてもジークはいつも通りではない。

前回のパーティーの時は私が彼と離れることを望んだのに、今回はジークが私に放っておけという。

しかし、放っておけと言われて、はいそうですか～とはやはり無理なものだ。

だんだんと降る雪の量が増えてくる。

私は、ジークを見上げた。

「雪が降ってきております。とりあえず中に入りましょう、さすがに今のジーク様を一人でここに置いておけません」

腕を掴んだ時は振り払われたので、今度は彼には触れず、右手を彼に差し出す。

ジークの視線が、私の顔と私の手を行ったり来たりする。

私と一緒にいるのすら嫌！　ということであれば、きっとジークはこの場から身体強化を使って走っていくはずなのだ。そうすれば身体強化のできない私は、絶対に彼に追い付けない。だから、この場所にジークがいるということ自体、口では嫌だ嫌だといっても完全に私を拒絶しているわけではないはず。

『私、レーナはこのことに自ら首を突っ込みません』

シオンとした約束が頭によぎる。

偽善だけれど、私は目の前のジークを一人にしておけないと思ったのだ。

乗馬クラブを休部し、あの異常なほど本を積み上げた秘密の部屋で、あなたは一体何に追い詰められていたの？

「私はジーク様のように剣になることはできません。ただ、友として話を聞き一緒に悩むくらいはまだできるのではないでしょうか？」

アンバー領での出来事があってから、ジークがフォルトやシオンとつるむ姿は何度か見かけた。でも、ゲームでは彼は基本一人でばかりいる。

現に秘密の部屋に一人で籠り、あれほどの本を読み漁《あさ》る彼が何をしたかったのか興味がある。

口ぶりからして、私と仲良くなってしまったからこそ、ジークは私に何らかの危害を加えることができなくなったのではないだろうか。少なくとも、今のジークは私を差し出せと要求されても、差し出せないほどには情のようなものが湧いていているんじゃないの？

私は大きく息を吸い込んで、ゆっくりと息を吐く。

吐いた息は真っ白だ。

「一体あなたは……一人で何と戦っているの？」

すました顔ばかりのジーク。

愛想笑いで取り繕ってばかりのジーク。

打算がちらつくジーク。

そんないつもの彼の顔はくしゃりと歪み、地面に両膝をついた。

ひどく冷たい彼の両手が差し出した私の手を掴み、私に向かって頭《こうべ》を垂れる。

王子のルートでちらっと見たことがある、最上礼という、よほどのことがない限りしないような姿勢だ。

それをジークが今、私にしているのだ。

ジークの声も手もひどく震えていた。それが寒さからなのか心理的なものなのかはわからない。

私は何も言えないまま彼を見つめていた。ジークの唇がゆっくりと開く。

「私は君にひどいことをしていた自覚がある。わかっていてやっていた。許してほしいなどと言える立場ではないし、このようなことを頼める間柄でもないこともわかっている。それでも……」

そして私の手にすがり、ハッキリと彼はこう言ったのだ。

「レーナ……どうか私を助けて」

雪は強さを増し、視界が白で覆われる。周りの建物や庭が見えなくなる。

めちゃくちゃ寒い。

こちとらコートなし、ノースリだぞ！

死ぬ死ぬ死ぬ死ぬ！　ジークを助ける云々の前にこっちが死んでしまう。

けれど、不思議なことに気がついた。視界が白で覆われるほど雪が吹雪《ふぶ》いているのに、私とジークが立っている場所だけはまるで台風の目のように不思議と雪はそんなに降ってない。

これは、彼がしていることなの？

私の腕にすがったままのジークにもう片方の手を伸ばし頬に触れる。ビクリと反応したジークが顔をあげた。

その顔は涙でぐちゃぐちゃでひどい有り様だった。

差し伸べられた私の手を離すまいと、震える手で救いを求め握りしめる。一度も見たことのない彼の姿がそこにあった。

余裕などなく、すかした顔でもなく、必死に救いを求めて懺悔し、私にすがる子供らしいジークがいた。

こういうときは何て言えばいいのか。

ついつい似たシーンに何かあったかと考えてしまう。

『赦すとおっしゃい』という名言がちらつく。

シオンが怒るだろうなと頭によぎったけれど、ここでジークを見捨てられるほど私はひどい人間ではなかったんだと思う。

「赦す」

ジーク自体に恨みなどあるわけでもない。

ひどい扱いをしてくるなぁとは思ったけれども、私は彼に惚れ抜いていたレーナではない。

ジークの顔が私の返事を聞き、安堵に緩むのが見えた。

『赦す』

その言葉で私が力を貸すとわかったようだ。

柔らかな表情のままジークはゆっくりと目を閉じ、さらに横へゆっくりと——

「えっ？」

私の手に込められていた力も抜け、ジークの手がするりと離れる。

ちょっと止める間もないじゃない。

ジークは地面に倒れてしまった。

「えええぇええぇ！！！」

それと同時にあれほどの雪がピタリと止んだ。

頭を打ってない？

というか大丈夫なのこれ？

いやいやいや、大丈夫じゃないでしょ！

ゆさゆさと揺すってみるけれど起き上がるどころか返答もない。

ジークの身体はひどく熱い。

このまま置いておくのもだし、かといってここにいたら私も凍死しそうだ。

無意識だとしても、あの雪を降らせていたのがジークならば魔力切れの可能性がある。

私は手早くジークの首筋に手を置いて魔力を流し込む。意識がないため抵抗はされない。ジークの身体の魔力線は私と比べ物にならないほど多く細い。私と何が違うのかわからないけど、なんだか送り込んだ魔力が滑らかに流れていく。

とりあえず私が倒れない程度に魔力をできるだけ入れてみる。

こんな時にこんなことをしている場合ではない。

わかっている。わかっているのだけれど。意識がなくてもほんのりとした抵抗を感知した私は本能でそこに念入りに魔力を流し込む。念入りに、隅々まで、じっくりねっとり。

するとジークの身体の熱が少しずつ引いていくのがわかる。

魔力をジークに流し込むことで、自分の魔力が減っていくせいか私の身体はだんだんと熱くなっていく。

「ふっ……うっ……」

形のいい唇からとうとう艶のある声が漏れた。おぉぉぉお！　と思った瞬間でありました。

その瞬間、私の体がふわりと浮いた。

あっヤバいと思ったのは一瞬。見事に吹っ飛ばされた！

受け身なんかとれるはずもない。

痛みはないがこのまま地面や建物に叩きつけられては無事ではあるまい。

景色が走馬灯のようにゆっくりと流れる。

ジークは、誰を吹っ飛ばしたのか瞬時に理解したようで、顔を青ざめさせている。

身体を起こしてこちらに身体強化して走ってきたいのだろう。でも、魔力が足りないどころか、魔力切れを起こした身体が言うことを聞かないのだろう。

ダメだジークは使い物にならない。

どうしよう？

えっと、頭をとりあえず守らなきゃ。

気持ちとしてはさっと動かしたいけど、ゆっくりと自分の手が動く。まどろっこしい。

そして衝撃が来ることを想定して目をきつく瞑った。

背中に衝撃が走った。同時に痛みも一瞬あった気がするが、一瞬で治されたのだとすぐにわかった。

「…………っ」

「リオン！」

私の回復を最優先したのだろう。

私の後ろに素早く入り込み、私を庇ったリオンが苦しげな声を出した。

しかし、それはすぐに治癒で治される。私がよこしまな気持ちで思いのほか魔力を使いすぎてしまい魔力切れ気味になったのを、保護者達が感知したのだろう。

とにもかくにもセーフである。

「リオン、ありがとう助かりましたわ」

ほんと助かった。

後ろの壁は少し崩れてパラパラしているし、私がぶつかってそのまま放置されていたらと考えたらぞっとする。

腕の中から見上げると、リオンは苦笑しつつ私を見つめた。

「まさかレーナ様がサシでジーク様と互角にやり合っていたとは想像しておりませんでした」

ん？

リオンがさらりととんでもないことを言ってのける。ジークは私を吹っ飛ばした時に魔力を少し使ったようで意識はあるものの、片膝をつきかろうじて姿勢を保っている。私は魔力切れの症状が少し出ているし……

確かに、吹っ飛ばされた私と状況証拠だけを見ると、まるでジークと互角にやり合ったようになってしまっている。

「今のジーク様に勝ち目はありませんよ」

リオンがそう言うけど、私とジークはやり合ってなんかいませんから！　大きな誤解を一つしてない？

遅れて到着したシオンも状況を見てリオンと同様の誤解をしているようだった。リオンもシオンもピリピリとしており一触即発に見える。

「ちょっ、二人とも落ち着いて」

私の制止よりも先にシオンとリオンが動いた。

ジークはまともに動けないからガードできないだろう。

ヤバい。

止めなきゃ、えっと、えっと！！！！！

「おすわり！！！！！！！」

私の声が響く。強い気持ちがこもったわかりやすい指示は、盟約者が私の命令を拒絶するとか考えさせる暇もなく二人の動きを止めさせた。

エンジン全開の身体強化が己の意思関係なしに解除されたことで減速し、その場に正座で座り込む。

雪があったおかげで衝撃は和らいだのだろうが、二人がいっぺんに戦闘態勢から解除されて座る姿は盟約の縛りをこれでもかと実感させた。

ハァ!?　アンタ何すんの？　と言わんばかりにシオンが私を睨む。

視線で射殺されるのではないかと思うほど鋭い、無言の抗議が伝わってくる。

リオンはというと、命令できつく止められたことに何やら怪しい扉が開きかけている気がする。

エンジン全開でもう止められないぞというところから、自分の意思とは関係なくストップがかかるという人生初の体験にMの本能が震えていたらどうしよう。

ぶちぎれているシオンとは対照的に、静かに私をぼーっとした眼差しで見つめていることが違う意味で怖い。

「大きな誤解が一つございます。私とジーク様とは一戦交えていたわけではありませんからね。断じて……やる前から勝敗がわかるでしょう」

リオンとシオンを交互に見て弁解する。

「御冗談を。学園でトップクラスの魔力量を誇るジーク様の魔力をここまで消耗させるなんて一戦交えてないならば逆に何をさせたんですか？」

リオンが冷静に突っ込む。

冷静に言われるとなんて返せばいいのか悩む。

「い……いろいろありまして。とにかく説明は後です後、寒くて死にそう」

早く戻ろう暖かい部屋にこのままじゃ死んじゃう。

私もジークも雪のせいで濡れている。この恰好で私もジークもどうしよう。

ジークはひざまずいたときのせいか倒れこんだ時のせいなのか、かなり汚れているし。

吹っ飛ばされた私もそれは同じだ。

転びましたでごまかせないかな？

「はぁ……私の部屋にいったん移動しましょう」

リオンの提案で私はシオンの肩に米俵のように担がれ、私より体格のいいジークはリオンが背負う。

二人が身体強化ですごい速さで移動するもんだから、風を切る速度のせいもあり余計に寒い。

それにしても教師の寮なんてあったのね。

四　救いを求めて

寮に入ると、リオンは手早く風呂の準備を始めた。

そのままでは風邪をひきますと言われて、風呂が沸くまでの間、私はリオンから新品の大きな衣服を借りて過ごした。

ジークも服を借りたようだ。

レディーファーストということで、先にお風呂をいただきようやく生き返った気持ちになる。

そして、私の今回のドレスは死んだ。一応ジークにはお世辞で褒めてもらったけれど、ダンスはジークとしか踊ってないし、料理に至っては一口も口にできないまま私のダンスパーティーは終わった。

正確にはまだダンスパーティーは続いているのだけれど、ドレスをダメにしてしまった今、さすがに会場に戻るのは不可能だ。

あぁ、ちらっと見えた大きめのエビ。

どこで食べても最高においしいポテト。

一口サイズの多種多様なアミューズたち……

もうこのありさまでは口にすることが不可能だ。

思わず肩を落としていたのだが、リオンもシオンもそんな私に一切構わず、あそこで何をしていたのかの追及をしっかりしてきた。

それに答えてくれたのは、ジークだ。

「雪が降ったのは、私の感情が高ぶって氷魔法が制御できなかったからだと思う。魔力切れして、視界が揺らいだところまでは記憶があるのだが、全身に鳥肌が立つような耐えがたい嫌悪感があった。そこで無意識に振り払ったらレーナを吹き飛ばしてしまって……。すまない」

ジークは頭を下げている。

ジークが何をやらかしたのかほんのり察しがついたであろうシオンの視線がひどく痛い。

「とにかく一度詳しく話をしましょう。リオンとシオンが同席してもかまいませんか？」

とにかく、話を聞くべくジークに切り出す。

「構わないよ。二人とも君の盟約者だからね。……どこから話せばいいだろうか」

リオンが入れてくれた温かいハーブティーを飲みながらジークがゆっくりと口を開いた。

「実は、学園を卒業したら、私は自分の意思とは関係なしにクライスト領にすぐ戻らなければいけなかったんだ。そして一度戻れば最後、よほどのことがない限り領地外に私が出ることはかなわない――そんな予定だった」

とても悲しい顔でジークは語り始めた。

私は顔をしかめる。自分の人生だというのにそんなことってあっていいのかしら。

「学園生活は私にとって唯一、クライストから離れることができて自由に過ごせる時間だったんだ」

ゲームの記憶を思い返すと、フォルトは領主教育を受けさせた親との間にわだかまりがあって、長期休みは実家に帰ることなく学園にとどまっていた。それと同じでジークも、クライスト領に帰りたくない理由があったから、六年間一度も実家に帰らなかったんだ。

「クライスト領には何が？　クライストの冬っていったい」

思わず聞くと、ジークは言葉を詰まらせた。

だけどもうこれ以上は黙っていられないと覚悟を決めたのか、私をまっすぐ見据えてこう言った。

「クライストには……魔子《まこ》がいる」

神妙な面持ちだった。

ま、こ？

聞いたことない単語だ。

「神が産んだ天罰……」

リオンだけは魔子が何か知っていたようで、眉間に大きなシワを刻みそう言った。

「それは一体なんなんですか？　神が産んだ天罰とかかなり物騒だけれど」

「この世界に生きる人間は誰しも大なり小なり魔力を持っております。王立魔法学園に入る水準には満たない魔力量で魔法を使うことができない人たちも、魔力が一切ないわけではないのです」

リオンの説明に頷くと、彼はさらに説明を続けた。

「そして、魔力は人間の血液に宿ります。流れた血液は『血脈』と呼ばれる、魔力が流れる場所に流れ込むのです。しかし、本来血脈がないはずの場所に長期間大量に血液が流れ込むと異分子のようなものが発生するのです」

「大量に血液が流れ込む、というのは……」

「ひとたび戦争が始まれば、大地に魔力を含んだ大勢の人間の血が流れます。それが、異分子が発生する原因です」

　リオンは私にどう説明すれば通じるのか、考えながら言葉を噛み砕いてくれる。

「簡単にいえば血脈に魔力でできた瘤《こぶ》のようなものができるのです。一度できた魔力の瘤《こぶ》は、血脈に流れず、逆に血脈から魔力を吸い上げ、周囲に本来ない魔力を放出し続けます。諸説ありますが、そうしてできた魔力の瘤《こぶ》を、膨大な魔力の塊にもかかわらず魔力の制御がまるで赤子のようにできないことから魔子と呼んでいると言われていますね」

　そこまで言って、リオンは顔を曇らせた。

「それはすごく大きいものなの？」

「私も魔剣を譲り受けた方から聞いたくらいなので、実物を見たことはありません。ただ、かつての魔剣の持ち主によると、人の血に含まれた魔力が影響しているのか、人間の赤子程度の大きさ、形をしているそうです」

　ぽこっと浮き上がった瘤《こぶ》をイメージしていたのに、人間の赤子の形をしていると言われて一気にその不気味さが増す。

　私が顔をしかめると、リオンは細く息を吐き出した。

「人の形をしていたとしても人は三百年、四百年と生きません。でも魔子はそれほどの時を生きるのです。だから、人の形をしているだけで人ならざる者、いえ物としか言えませんね。ゆえに魔子は神が産んだ天罰と呼ばれるのです」

説明し終えたリオンの表情は実におぞましいものを見たように、不快そうに歪んでいた。

「過去の討伐についてリオンは何か知っているのか？」

リオンが魔子のことを魔剣のかつての持ち主から聞いたということに興味を持ったのか、ジークが食い気味に詰め寄った。

しかしリオンはあっさりと首を振る。

「私が知っているのは、十本近くの魔剣が折れてようやく仕留めたことがあるということだけです」

「十本か……そうか…どうりで三本では倒せなかったのか」

魔剣一つを作るのに、何千、何万の人の犠牲が出るとちらっと言っていた。

その集大成である魔剣が十本折れてようやく何とか倒すことができるモノ……

それが魔子。

国は、魔剣を作ることを厳しく制限している。一本作るのに何千、何万もの人間が死ぬわけだから、魔剣の製造を禁止することは当然だ。

ジークの話では、かつてクライストにも魔剣が三本あったそうだ。

それらすべてを魔子の討伐や魔力を相殺させるために使用した結果、魔剣は短時間で魔力を吸い過ぎて折れてしまったそうだ。

　つまり、クライストにはまだ倒されていない魔子がいるということだ。

　恐ろしさに目を瞠《みは》り、リオンに聞く。

「リオン、どなたか魔剣を持っている方を他に知りませんか？」

「お言葉ですが、レーナ様。折れるとわかっていて貴重な魔剣を持って挑むような猛者《もさ》は今の世にいないと思います。私の持っている一本で魔子の討伐をしろとレーナ様が命令するならばやりますが……無駄に魔剣一本をダメにするだけで終わりますよ」

「やはり折れる覚悟で挑んではくれませんよね」

　ＳＳレアの装備をダメにするけど挑んでねってことに、そうそう挑めるはずもないだろう。

　リオンは私の言葉に頷いた。

「現状、魔剣を所持していると公表しているのは私の他に五人ほどいます。しかし魔剣持ちであると公言しているということは、他者に奪われない実力と自信があるということです。力でねじ伏せて無理やり共闘のような形をとることはそうそう無理です。レーナ様のように公表されてない魔剣持ちもいるでしょうが、実力に自信がないから公表しないのであって、それはそれで表舞台に引きずり出すことは不可能だと思われます」

　ジークの一縷の望みはリオンからあっさりと無理だと告げられてしまう。

　でも、リオンは魔子を倒した話をしていたはずだ。

「じゃあ、過去の討伐はどうやってなされたの？　皆魔剣が惜しくはなかったの？」

「当時、魔子の発生場所は王都だったそうです。そして戦乱の世ということもありましたから魔剣持ちが今よりはいましたし、魔子相手に力試しをしたいという者もいたおかげで、討伐の人手には困らなかったようです。多くの刀身が折れこそしましたが、無事魔子を打ち取ったそうです」

なるほど、力試しだったというわけか。

その時の力試しの結果を、今の魔剣の所有者は知っているだろうし、挑むはずもないだろうってところかな。

私が魔剣を手に入れたことを知ったあの女が、魔剣持ちならクライストの魔子を倒せると考え、暴走したと考えるのがしっくりと来る。なるほど、それであの女——アリアンテさんは、魔剣を持っている私に助けを求めたってことね。

ん？　まてまて。

私の中に魔剣が死蔵されていることは魔法省にしか知られていない。

あの女はどこからその情報を聞きつけて、私に死蔵されている魔剣を利用しようとしたの？

ジークの反応からして、魔子が魔剣を十本ほど使ってようやく討伐できる相手だという話は初耳のようだったし。

宝の持ち腐れだし、出せるもんなら譲ってあげてもいいけれど……

「なるほど、そういう理由で討伐が行われたのか」

リオンの話を聞いていたジークが。いつもの考えるポーズでそう答えた。

「えっとジーク様、私を襲った女性は私の中にある魔剣が欲しかったということでしょうか？」

疑問をスッキリさせるべく質問すると、ジークは首を横に振った。

え？　違うの？

「魔剣がレーナの中にあることなんて、彼女は知らないよ。――あー何から話せばいいのか」

ジークは考えを整理しているのだろう、考察ポーズのまま長いこと言葉を発することはなく何かを考えこんでいるようだった。

しばらくの時間が経ち、ようやく口を開く。

「……魔子は今からずいぶんと前、おとぎ話に出てくるユリウス・アーヴァインの時代にアンバー領に現れたそうだ」

まさかのここでレーナのご先祖様キターである。

「魔子がアンバー領内の血脈に現れたため、ユリウス・アーヴァインからクライスト領の魔剣所有者に協力を要請したという記録が残っている。だが魔剣は本数に限りがあるし、いつ自分の領土内に魔子ができるかわからない。だから当時、クライストの魔剣所有者は要請を断ったそうだ」

「そんな話知らない！」

そう言ってきたのはリオンだった、魔子はアンバー領にも現れたのね。

ジークはゆっくりと頷く。

「知らなくて当然なのかもしれない。すべてのことが公《おおやけ》になるわけではないからね。クライスト領も同じだ。魔子がいることが明らかになれば、勢力図が崩れる。だから死に物狂いで隠すしかなかったようだ」

「それで、アンバー領の魔子は？」

私が聞くと、ジークはわずかに首を振った。

「詳しいことはわからない。三カ月ほどしたらあの話は解決したと言われたそうだ。魔子がいるクライストとは違いアンバー領の気候は安定したままだし、ほかに特出すべき何かが起こっているようでもない。おそらく本当に討伐されたのだろうね」

「ジーク様のご先祖様は、討伐の方法とかはやっぱり聞いていなかったんですよね……」

「残念ながら。これは推測になるが、ユリウスの所有していた魔剣は他の魔剣とは異なり、敵の属性に合わせて刀身の色が変わるものだったそうだ。だから特殊な複数の属性を駆使して、ユリウスは自分の持つ魔剣一本で魔子を討伐したのかもしれない」

確かに、秘密の部屋に置いてあったご先祖様の武勇伝が載った小説にそんなことが書いてあったわね。

その後何度かジークのご先祖様はユリウスに話を聞いたものの、ユリウスは討伐方法を最後まで教えてくれることはなかったそうだ。それまでいい関係を築いていたにもかかわらず、クライスト領はアンバー領の救援要請を断ったのだから仕方がないことなのかもしれないとジークのご先祖様は思ったそう。

それから月日がずいぶん流れ、ユリウスの名がおとぎ話に出てくるようになった頃になって――不幸にもクライスト領に魔子が現れた。

領主は、恥を捨て、当時のアーヴァイン家当主に助けを求めたそうだ。しかしユリウスの時代から何人か代替わりしていて、助けを求めた頃には討伐方法も特殊な魔剣も残されていなかったという。

　領地に魔子がいることを明らかにしておくと、政治的に不利になる。

　だからクライスト領としては、表向き魔子を倒したことにした。裏で魔子を倒す試みを続けたまま。

　魔子を倒すこともできないまま、領地の魔剣が一本ずつ消耗されていく……それは一体どれほど絶望的なことだったのだろうか。

　私は、ジークになんて声をなんてかけていいのかわからず沈黙してしまっていた。

　そんな私にジークは困ったように笑うと、話を続けた。

「幸い魔子から噴出される魔力は、同等の魔力をぶつけることで相殺することができるとわかった。だから、選ばれた者が魔子に魔力をぶつけ続けることで、魔子の存在は領地内で隠匿されてきた。もうここまで言えば十分だろう。私は卒業したら、その役目を負うことになっていた」

　愛想笑いで取り繕うジークの、ゲームでは語られなかった重すぎる話に私は言葉を失った。

　彼が、そんなに重く逃れられない責にがんじがらめにされていたなんて。思ってもみなかった。

　婚約者であるレーナになった後もそれは同じだ。ジークがレーナを恋愛対象として見ることがなかったのは、政略結婚だからどうにもならなかったのかなくらいにしか考えていなかった。

　まさかこんな設定があっただなんて。

　ジークの話は、想像していたものよりもはるかに重い。

さらりとジークは言ったけれど、魔子の存在を隠匿するためには魔力の高い人間を領地に縛り付ける必要があるということだ。

つまり、私では想像つかないほどの数の人間がクライスト領から一生出ることは叶わず、魔子の力を散らすために終わりない冬との闘いをしてきたのだと思う。

魔力切れはかなりしんどいことを私は知っている。

終わりなんかない。そんな状況で……ずっとずっとずっと、それこそ死ぬまで自身の魔力を使い、魔子が出す魔力を散らすことを繰り返す。そんなの地獄だわ。

もしその役割が自分だったらと思うとぞっとした。

学園を卒業すればその役目に加わることがわかっていたジークは、一体どんな気持ちで学園にいたのだろう。

ゲームの長期休み中も、六年間一度も実家に帰ることなく学園に留まり続けていたのは、あまりにも悲しすぎる理由からだった。

きっと、帰ってしまえば二度と領地から出ることができないと、ジークは思っていたんだろう。

黙り込む私達に、ジークは何度か頭を振って、笑みを取り繕った。

「話が少し逸れたね。まず、今までの事件について話させてもらおう。レーナを襲ったのは、今まさに魔子の力を相殺する役割を担《にな》っている男……私の叔父の娘だ。すまない」

ジークはそう言って深く頭を下げた。

ジークの叔父の娘——つまり、ジークの従妹？

私は顔を上げて、ジークに聞いた。

「誰が襲ってきたかはわかりましたが、私が保有している魔剣が狙いじゃないとなると、なぜそのようなことを？」

「レーナの先祖にあたるユリウス・アーヴァインは自領の魔子を討伐している。直系である君には、間違いなくその血が引き継がれている……それにアリアンテは期待したんだろう」

それを聞いて思わず、しょっぱい顔になった。

自分で言うのも虚《むな》しくなるけど、私には魔力量がたくさんあるわけでもないし、ヒロインのような特別な魔法も力もない。公爵家という身分だけは突出しているけれど、あとの能力は割と悲惨だ。

なんでよりによって狙いが私なの？

「血を引き継いでいるといわれましても……」

「君にとっては訳がわからないだろう。だけど私達にとっては、君があのおとぎ話の子孫であることは君が思う以上に大きなことだったんだ。私達の婚約を、我が家が何としてでも維持しようと思うほどにね」

真剣な顔でジークはそう言うけれど、私は首をかしげてしまう。

「直系であることは間違いなくても、自分で言うのもなんですが私はただ直系なだけです。髪と瞳の色は確かに同じですが、雷魔法も使えなければ、魔力量だって……」

しかし、ジークはあっさりと首を横に振った。

「ユリウスの子孫というだけで魔子をどうにかできるかもしれない。ユリウスの子孫と縁ができれば、アーヴァイン家が力を貸してくれるかもしれない。今の代では無理でも、いつかユリウスのような力をもつ子孫が生まれるかもしれない……人は弱いから、なんでもいいから救いの可能性にすがりたいんだ。私だって例外じゃない」

私には魔力もなければ何の力もないことをジークはわかっている。

それをわかっていても、ジークは私に最上礼をして救いを求めた。

つまり、それと同じくらい、クライスト領は追い詰められているのだ。

ジークはそのあとも言葉を選ぶように話を続けた。

直系の男は、跡取りとして領地から出ることはない。だからこそ、アーヴァインに直系の女が生まれるのを待っていたこと。生まれたとしても年が離れすぎていたり、年が近い男がクラエス側にいたとしても直系から離れ過ぎたりしていると、クライスト領に降嫁してきてくれない。

そもそも事情を抱えるクラエスと、クライストの窮状を知らないアーヴァインでは相手に求める条件が違う。

だから、どんな娘が生まれようと息子が生まれようと、恋仲になれず嫁にもらえない、そんなことがずーっと続いていた。

そこへきて待望の直系の女が生まれた。

そして同じくしてジークの母親のお腹にはジークが宿っていた。

さらに都合の良いことに、レーナがジークを気に入ったのだ。

その時点でレーナとジークの婚約に関して、ジークの意思など関係なかった。待望のアーヴァインの直系を家門に迎え入れるまたとないチャンスだったのだから。

彼は言葉を選んでいるが、ジークはレーナと婚約せざるを得なかったのだろう。

自分の意思とは違っても……

ユリウス・アーヴァインが自領の魔子をなんとかしたように、アーヴァインの直系ならこの状況をなんとかできるのではないかと、長い冬に囚われた皆は思いたかったのかもしれない。

そうして、私達の婚約は結ばれたのだった。

その後もジークは言葉を選んで話してくれたものの、結局私達の婚約は家のための婚約に過ぎず、気持ちはなかったということが伝わってきた。これで、これまでのレーナへの態度もすべて納得がいった。

パーティーの誘いのお手紙はおそらく代筆。私への誕生日プレゼントですら、自分の名で送られていたことをジークは知らなかった。それもこれも、領地を救うために誰かがやったこと。

好きでもない女に気に入られるようにしなければならない生活。

幸せそうなレーナとは正反対にジークはすべてを親に決められていたのだ。

「私はレーナと結婚した後のことが正直怖くなった。政略結婚であるがゆえに、魔子絡みで何かあれば皆がレーナの犠牲を望むことだろう。それが私は……怖かった」

「わ、私最悪死、えっ？　死？」

突然自分に話が戻ってきて、私は目を見開いた。

私の子孫にユリウスの能力に近い人が生まれたらって話をされていたから、自分の危機については何も考えてもいなかった。でも、私の犠牲を皆が望むと言われたら、ジークは私を差し出す必要があるのだ。

途端に目の前にジークと結婚したら死ぬの？　という新たなる恐怖が湧いてきてパニックになる。

ジークはそんな私を見て、本当に申し訳なさそうに肩を落とした。

「過激な連中も中にはいるんだ。でも、そんなことが出来る気はしなかった。だから、僕は婚約者の顔を覚えない努力をした。親しくなれば切り捨てられなくなるのではないかと。子供なりに考えた」

そこまで言われて、私はようやく、ジークがあの時言った意味を理解した。

『…………君の顔なんて覚えなければよかった』

『形だけとはいえ親しくしなければよかった』

『君が嫌なやつならよかった……』

『そしたら、私は君を差し出せたのに』

何を言っているの？　とまったく意味のわからなかった言葉。

それらの言葉の意味が私の頭の中で繰り返されるたびに、動悸が激しくなる。

ジークがレーナの顔を覚えなかった理由を今はっきり理解した。

おかしいと思っていた。縦ロールは珍しい髪型だったけれど、いくら何でも顔を覚えないのはおかしいってずっと思っていた。

レーナの顔すら覚えるのが煩《わずら》わしい。という理由では到底説明できない不可解なことがようやくわかった。

緊張でのどが急激に渇き、思わずせき込む。

「大丈夫ですかレーナ様」

リオンが私の異常に気がついて首筋に触れる。

何かしらの治癒をしてくれているのか、じんわりと温かいものが流れてくる。

おかげで私の緊張がとけた。

ジークとレーナの政略結婚はいわゆる普通の政略結婚ではなかった。

ジークは何かあれば、周りがレーナ一人を犠牲にしてでも魔子を何とかさせようとすることを知っていたんだ。

婚約者が犠牲になることをわかっていたから、ジークはレーナの顔を意図的に覚えようとしなかった。

そしてレーナが仲良くなろうと近寄っても、距離を取り続けた。

仲良くなればいざというときに切り捨てられなくなるから！

でも私がこの世界に転生して、本来のレーナと違う動きをしたことで、状況が変わったんだわ。

魔子の解決の糸口すら掴めていないのに、とにかくレーナをつなぎとめるために、深く関わらざるを得ない理由がジークにできてしまったんだ。

……となると。

ゲームをプレイしていて思った、最大の疑問が浮かんだ。

私はそっと手を挙げる。

「一つ質問をよろしいですか？」

「どうぞ」

「ジーク様から婚約を破棄するなんてパターンは、万が一にでもあったのでしょうか？」

ゲーム内では、ジークによってレーナは大衆の面前で言い逃れできない状況で婚約破棄を告げられる。

私の友達であるアンナ、ミリーも次々とジークの手によって退学に追い込まれ学園を去ったそのあとで……

断罪イベントではレーナがいくら取り繕っても、縋っても破棄は覆されない。

結局レーナは最終学年、卒業式まであとわずかにもかかわらず学園を去る。

理由が理由の婚約破棄だから、その後のレーナは別の人との結婚も絶望的となる副産物付きで。

そんな断罪イベントの前に、ジークはヒロインに跪いて言うのだ。

「これから起こることで、きっと君は私の嫌な面を見ることになるし、私の家に入ることで君はいつか後悔するかもしれない」

それにヒロインはこう答えるのだ。

「あなたがいればそれだけでいいの」と。

それにジークは淡く微笑む。

「君にあげられるものは私だけだが、どうか許してほしい」

そのセリフを最後に、断罪イベントに入るのだ。少し話がずれてしまったが、ゲームではきちんとレーナとの婚約は破棄された。

でも、ジークの口ぶりだと、婚約が破棄されればジークはただではすまないのではないだろうか。

どうして、ゲームの中では、ジークがレーナとの婚約破棄をしたのか知りたい。

私の問いに、ジークは戸惑ったような表情になった。

「私からの婚約破棄？　レーナからではなくて？」

「そうですそうです」

口元に手をやり、お決まりの考察ポーズである。

「それは難しいと思う。私が君と婚約の破棄をしたいと言ったところで家族にもみ消されて通らないだろう」

なるほどなるほど。

そこからもう一歩踏み込んでいただきたい。

「万が一ですよ。じゃあ、ジーク様がレーナと婚約破棄したいな～どうしてもしたいな～、レーナからは婚約を破棄してくれないからな～って思った場合どうしますか？」

えっ？　その話題を掘り下げるのかい？　とジークは若干面倒くさい顔をしていたけれど、再びいつものポーズで考え出す。

「私側に破棄できない理由があるから、レーナが私の婚約者にふさわしくないという覆《くつがえ》りようのない証拠を公衆の面前で提示し、婚約破棄しようと告げないといけないだろうけれど。私がそれをするメリットも理由もない」

そう、そこなのよ！

ジークが持ち出してきた条件は、ゲーム内と合致していた。

パーティーの時に、ジークはあくまでも「私からの婚約破棄を受け入れる」と言っていた。それは、私が婚約破棄を切り出そうとしたとジークが思ったからであって、ジークから婚約破棄を言い出したわけではない。

それに加えて、ジークが婚約破棄するメリットがないとはっきり言い切るってことは、メリットを上回るような破棄の理由がゲームでは別にあったはずなのよ。

では、ヒロインのことを好きになったからって、卒業後自分がどうなるかわかったうえでジークはヒロインを選ぶのだろうか？　ヒロインの光魔法や魔を浄化できる力が魔子に使えると思ってジークに聞いたときは、何を言っているかよくわからないって顔をされてしまったし。

領地の問題解決につながるかもしれないレーナを捨てるなんてことは、ゲーム内でなぜ起きたのだろう。

時計台で目の前の人物が普通ではないと気がついた時の恐怖が、ぞわりと私に蘇る。

クライストの冬を終わらせるためになりふり構わないような人物は他にも間違いなく――いる。

ゲームでジークがレーナとの婚約破棄をしたのは、単純にヒロインへの愛情ゆえ、というだけなのだろうか？

それともこの世界に来てわかったように、ゲームでは明らかになっていない何かがあったから婚約を破棄したのか。

それを私の今後の安全のためにも知りたいのに……

結局、私との婚約を破棄したいという気持ちになったことがない今の彼には、答えようのない質問をして困らせてしまっただけだった。

この大きな問題を解決するための、ヒントがそこにありそうなのに。

情報が足りない、時間軸が違う今これ以上はわからない。

もどかしい……

結局これ以上わかることは何もなくて。

空腹で帰らせるわけにはいかないですからと、リオンが作ってくれた軽食を食べ。

完全に着られなくなったドレスの言い訳としては苦しすぎるけれど、雪に思いっきり転んだとジークと二人で言い張り。

ダンスパーティーは今回も他のイケメンとたくさん踊るという野望は叶わず終了し——短い冬休みとなった。

すっかり忘れていた、預けたコートとジークへの誕生日プレゼントは次の日届けられたそうだ。

本来なら雪が降らない気温ということもあり、あの時降り積もった雪は、すっかりと融けてしまっていた。

雪はなくなっても、その時話したことはなくならない。

これからどうやってこの問題を解決するべきなのか考える時間がやってきたのだ。

ヒロインを絡めて問題を解決はできそうにない。

それこそ今のジークからは信じられないけれど、本気で好きになったからヒロインを選んだ可能性もまだ消えていない。

となると私が考えるべき点は一つ。

ユリウス・アーヴァインは魔子を間違いなく討伐しているということからだわ。

私はアーヴァインの直系。私が動くことでなにか問題を解決する糸口が出てくるかもしれない。

気になるのは、リオンが言っていたけれど魔剣を保有していると明言しているのは、それを守り抜く自信がある者だけ、ということだ。つまりは魔剣なんて貴重な物をみすみすロストするはずなんてないということ。

だから本当はあるのではないだろうか。ユリウスが所有していた七色に色が変わる魔剣がアーヴァインに……

その疑問を探るために、私はジークと待ち合わせをした。

勝者に握りつぶされ失われることがないように、歴史の真実が残された、あの秘密の部屋で。

秘密の部屋に向かうと、神妙な面持ちをしたジークが一人で立っていた。

そんな顔をしているから、てっきりあれだけ読み漁《あさ》った本の中には問題解決に繋がるような情報はまだ見つけられていないとか言われるのかと思ったのに——

「今晩おそらくレーナは何者かに攫われる」

「は？　…………ええええぇぇぇぇ！！！」

思っていたのと違った。

急展開すぎる。

意味がわからないし、こういうのって普通、前振りがあるものじゃないの？

いきなりすぎる。

死にたくない、死にたくない、死にたくない！

「止めることは叶わなかった」

申し訳なさそうにジークはそう言って視線を私から逸らした。

「いやいや、叶わなかったじゃないわよ！　何諦めちゃってんのよ」

おい、お前ぇぇええという気持ちが先行して、口調をそれらしく取り繕う余裕もなく、いやむしろ胸倉を掴みそうな勢いでジークに言う。

するとジークは端整な顔を悲しげに歪めて言った。

「先日レーナを襲った女、アリアンテを諦めさせるのにレーナを一度連れてクライストへ帰ると約束したのだ。そうしたらアリアンテは休みに入るまでにレーナと話をつけると言っていた。……大変申し上げにくいのだが、今日がその期日だ」

「どうしてそのような大事なことをもっと早くにおっしゃってくれなかったんですか⁉」

公爵令嬢という立場などすっかり吹っ飛んだ私は、ジークの襟元を掴みあげがくがくと揺する。

「すまない……」

「もう時間がほとんどないじゃないの。どうするつもりだったのよコレ」

すまないですむ話ではない。

アリアンテが私を連れていくために今日、もしくは明日の間に『お話』をしに来るってことでしょ!?

「時間さえ稼げば、書庫のどこかにある魔子の手がかりが見つかるのではと思って……」

「バカぁぁあ!!」

こんなときは、とにかく信頼できる人に相談だ。

私は勢いよく、秘密の部屋から出るために立ちあがった。

「レーナ！　どこに――」

「お前も来るんだよ」

そう言ってジークの手を引き、まず向かったのはアンナとミリーのところ。

私の話を一通り聞いたアンナとミリーは、目を丸くしている。

「えっと、今夜レーナ様が襲撃されるということでよろしいですか？　えっ、今夜？」

いつものようにゆっくりとアンナが私からの話を再度確認するかのように質問するけれど、今夜友人が襲撃されるという突然の事態に、さすがに動揺が隠せてない。そりゃそうだ。

すると、ミリーがおずおずと、鞄からとあるものを取り出した。

「前回シオン様の女装姿にどーしても納得がいかなかったので、実はこんなものを発注していたのですが……」

ミリーが取り出したものは、今回起こる事件にとても使えそうだった。

「なんてもの作っていたのよ……」

私がそう言うとエヘヘッとミリーが照れて笑う。

でも、これでいける。

シオンが納得してくれればという条件つきだけれど……

私達は、今日——恐らくは明日起きるらしい事件に向けて慌ただしく準備を始めた。

◇◆◇◆

夕食が終わりお風呂に入る。寝間着に着替えると、髪をタオルでそっと拭かれて、長い金の髪には絡まらぬように時間をかけて櫛が入れられる。

お風呂上がりの支度が済めばメイドは挨拶をして、メイド部屋へと下がっていく。

メイドが下がったのを見届けてからは、寝室のテーブルに座った。寒くなってからのお決まりとなった蜂蜜がたっぷり入ったホットミルクをいただきながら、読書に耽《ふけ》る。

時間は特に決めてない。きりのいいところまで読んだら眠りにつく。

これが、ここ最近の寝る前の一連の流れである。

いつも通りの流れを忠実に行い、ランプの明かりを消し、ベッドにもぐりこんでしばらくしたときのことだった。

カタッと音がした。

慌ててベッドから身体をゆっくりと起こす。今日中にジーク様と共にクライスト領へ出発しなければ、おそらく夜にお迎えが来るのではないかという読みは見事に大当たりだった。

窓から一気に距離を詰められ、喉元にナイフが突きつけられる。十五センチほどの小さな安っぽいナイフではあるが、令嬢としての商品価値をなくすためという目的を果たすにはこれで十分だろう。

暗くて顔は見えないが、声となんとなく見えるシルエットからして男二人だろう。

「お前のことは調べてある。こちらには治癒師なんて大層なものはいない。大事な顔に傷がつくのが嫌なら抵抗せずについてこい」

テンプレでもあるのかという脅しに抵抗することなく、寝間着姿のまま後ろをついていく。

窓から侵入してきた敵は、こちらにナイフを突き付けながら堂々と、部屋のドアから出ていき寮を後にした。

普通ならこんなことありえない。しかし事前の通達通り、メイドたちは多少音がしても知らんふりで誰も姿を現さない。

これでメイドが怪我をすることは防げた、というわけだ。

男二人に前後を挟まれながら人目につかないように移動させられ、闇夜に紛れやすい色合いの馬車に乗るように促された。おびえ泣いているふりをして寝間着で顔を覆いながらちんたらちんたらと歩いた。

馬車の中には先客がいた。

近くで顔を見たわけじゃないから確証は持てないけれど、ジーク様と、鐘の事件の時に居合わせた女だと思う。

ジーク様は魔法の優れた使い手である。

学生にしてはと今はつくけれど、ヘタな真似をしないように、ナイフを突き付けられたまま男と一緒に馬車に乗り込んだ。

「どういうことだ、レーナを連れてくるだなんて聞いてない」

すると、こちらを見たジーク様が声を荒らげた。

それを見た女が顔を歪める。

「先に約束を破ったのはそちらでしょう。あなたがあれこれ理由をつけて連れてくる気がないようなら、もともとこうするつもりでしたの」

女ははっきりとそう言いきった。

ジーク様は声を押し殺しながら、女に険しい視線を向けた。

「――十日ほどの休みではクライストと学園都市の往復は現実的ではないと断られたんだ。だが、代わりに夏休みにクライスト領にレーナが長期滞在する約束を取り付けたと言ったじゃないか。今回のこともクライストに行けないレーナの代わりに、私がクライストへ一度帰ると言って君も納得したはずだ！」

ジーク様は声を押し殺しながらも怒りを露《あらわ》にしている――ように見える。

女はそんなジーク様を見て嬉しそうに顔を歪めていた。

「私には時間がありませんの。夏が来る前に、長い冬が来るんですもの。何としても冬が来る前にレーナ様には我が領に来ていただきたいのです。ユリウス・アーヴァインの血を引くレーナ様なら……そう考える同胞がもうずいぶんといるんですのよ。集まっている人の大半は、柱に使われた人たちの子孫。どれくらいレーナ様が来られるのが待ち遠しかったかわかりまして？」

悪びれてない、しかたないでしょうという口調で女は言う。

ジーク様は怒りに唇を震わせた。

「そんなことが無関係であるレーナを巻き込んでいい理由にはならない。それに、アリアンテ、君は私の父の命で動いているわけではないだろう。レーナを誘拐などしたら外交問題になるぞ」

「そうですわね、ですからレーナ様が納得していただけるようにと、アンタに来てもらったんじゃない」

ふむ、今回のことはジーク様の父、公爵様のあずかり知らないところでおこなわれているようだ。

柱とやらにされた人達の関係者がご招待というところなのかな？

うーん知らない単語がたくさん飛び交うんだけど、情報が足りない。

時間とかなりの金をかけて準備していたのだろう。馬車は学園都市をあっさりと抜けて、闇夜にまぎれて走り続ける。

その間ナイフは一度も下ろされることなく、こちらに向けられ続けた。

ピリピリと緊迫した空気の中、ジーク様が何度か説得を試みるけれど、アリアンテと呼ばれる女には無駄のようだし、ナイフを向け続ける男の気も変わってくれないようだ。

しかし馬車は、数時間移動したところで突然止まった。

クライスト領まではこんな短時間で着かない。

「ちょっと、なんで止まるの？」

このことはアリアンテも予想外だったようで、うろたえた声を上げる。

「どういうことだ？」

このままクライスト領に連行だと思っていたのに。

ジーク様と視線を合わせていると、馬車のドアが開けられた。

誘拐のために部屋に侵入してきた男の片割れが、顔を覗かせる。

「さて、クラエスの坊ちゃん。嬢ちゃんを乗せられるのはここまでだ。……降りていただきたい。レーナ様のお顔やお身体に傷がつくことなんてお二人も望んでないでしょう？」

覗き込んだ男がそう言うと、ずっと隣でナイフを向けていた男の腕が首元に回った。

ナイフが頬に向けられる。

アリアンテにとって、それは予想外の動きだったようだ。彼女は目を見開いて、立ち上がる。

「何をしているの、彼女の誘拐は成功したわ、後はクライスト領へ行けばいいのよ」

「ごめんなぁ、お嬢ちゃんも金払いがよかったが、こっちの公爵令嬢を使ったほうがもっとたくさん金が手に入る」

よくわかんないけど仲間割れってこと？

悪びれることなく男はそう言うと、アリアンテとジーク様に馬車から出るように促した。

アリアンテはまだ一歩も動くことなく、男たちを睨み据えている。

「金払いって……。お金がなんだというの！　彼女——直系の娘を連れ帰って指を一本ずつプレゼントでもすれば、さすがにあのアーヴァインも隠し持っていた七色の魔剣を差し出すに違いないわ。そうすれば私達の悲願が達成される。もう誰も苦しまなくてすむのよ!?」

指を一本ずつ落として送るとか、ホントいい趣味してる。

なるほどね。アリアンテも七色の魔剣なんて貴重なものが破棄されるわけがないと考えていたってわけね。

それでレーナを誘拐しようと思ったわけか。

だんだん紐解かれていく謎に頷きつつ、男たちを見つめる。彼らはアリアンテの激高を聞いてもなんとも思っていないようだった。

「ご先祖様と違って、俺には魔力がそれほどねぇのよ。一族の先を担《にな》う魔力の高い連中は柱に選ばれ死んでいった。生き残ったのは皮肉なことに魔力が劣る連中ばかりだ。俺の兄はまだ魔力があるが、俺はここにいる公爵令嬢と同じいわゆるはずれ。領から出ちまえばこんな重荷はもう背負わなくていいってわけ。さぁ、ご退場願いたい」

そう告げると、男はナイフをより頬に近づけてくる。

抵抗しようとするアリアンテを、ジーク様が止めた。

「ここに治癒師はいないのだろう？　レーナの顔や身体に傷の一つでも残すわけにはいかない」

しかし、なおもアリアンテは叫ぶ。

「私を裏切ったの？　あなた達も同じじゃない。キースは命を張ったのよ」

「あぁ、同胞さ。でも恨むだけじゃ飯は食えない。稼ぎ頭をとうに亡くした俺たちみたいなのは、いつまでも悲しんでいるだけじゃ生きていけない！　お嬢ちゃんみたく家がいつまでも食わせてくれるもんじゃない。最初から立場が違うんだよ！」

それを聞くとアリアンテは抵抗することをやめたようで、ジーク様に肩を借りて馬車から下りた。ジーク様は降りるときに、一瞬こちらを見た。肩をすくめて、こちらに向けられているナイフを、一息吐いてから、覚悟を決めて掴んだ。

ナイフを握り締めた手からは、当然血が流れる。

「なっ」

よもやナイフを握り締められると思っていなかったのか、男がひるんだ。

間髪を容れず、ナイフを握ってないほうの手で裏拳をそのツラにお見舞いする。

こんな誘拐劇に参加するくらいだ。戦闘をある程度かじっていたのだろう。

顔に一発綺麗に決まったというのに、男は顔を押さえつつも何とか目を見開き、次の一手に出ようとしている。

先に動いたのは男のほうだった。

こちらと距離をとり、体勢を立て直して、ちっぽけなナイフで刺し貫こうとしてくる。

それを自身の左手を刺し貫かれることで受け止め、右足を振り上げる。寝間着が太ももあたりまで大胆にめくれあがり、白い太ももが馬車の中の淡いランプの光に照らされたのは一瞬だった。

足の力は腕の四～五倍と言われている。

身体強化したことでさらにその倍以上の力が男の顎に入る。勝敗はその一発で決まった。

ようやく顔を上げて男を見つめると、男は信じられないような表情でこちらを見ていた。

「ちょっとまって、顔が違う……、お前は誰だ。どこでタイミングよくこんな背格好が似た女を……！」

ご丁寧に馬車の周りを取り囲んで意気揚々としていた男は、人質になると思っていた令嬢がここにはいない事実にようやく感づいたようだ。

僕は、馬車の中ですっかりのびてしまった男のナイフを拾い上げ、ポタポタと血が流れ続ける手をすぐに治す。

「野郎です」

レーナ様がもつ緑の瞳とは似ても似つかない真っ黒な瞳でニッコリと笑い、馬車の入り口に立っていた男にも蹴りを一発お見舞いした。

男が倒れる。僕は馬車の外に追い出されたジーク様たちに微笑んだ。

「シオン……手は大丈夫なのか？」

「あぁ、これ？　平気平気。これくらい一瞬だよ」

ナイフに刺された手は治癒魔法であっという間に戻った。

「手、手が……」

二人の男がのされ、明らかな怪我が一瞬で治った状況を見て、馬車を取り囲んでいる面々もようやく今の状況が予定通りとは言えないと理解したのだと思う。

「逃げろ！」

誰かが叫んだ。自分たちが誘拐していた相手は公爵令嬢レーナ・アーヴァインなどではなく、明らかに戦闘慣れした人物だとようやく気がついたのだ。そこに結束はなく我先にと散り散りに逃げ出すけど遅い、遅い、遅い。

ゆっくりじわじわと追いつめてあげたいけれど、今は逃がすわけにはいかない。

僕は身体強化をして、あっという間に逃げ惑う男たちと距離をつめ、右手を振り下ろした。

「残念。残念」

一人一人は大したことないけれど、いかんせん数が多い。

あー取りこぼしするわけにいかないし、馬に乗って逃げそうなのはどうしようかな？

僕が数を始末している間に、離れた男が一人馬に飛び乗り手綱を握る。

あっ、やば。

そう思った瞬間、ヒュッと風を切る音がした。

男の足に一センチほどのつららのようなものがぶっささり、男は落馬した。

「ジーク様どうも」

誰が何をしたのかすぐに理解した僕は、女装させられたうっぷんを晴らす場を譲ってくれたジーク様に感謝の言葉を告げて男にとびかかった。

「待って、待ってくれ」

片手で痛むだろう足を押さえながら、男がもう片方の手を前に差し出して、つぶやく。

無駄だってわかっているだろうにね。

「ゲームオーバー」

僕はにっこりと微笑んで先ほど拝借したナイフを振り下ろした。

「あーぁああーああー」

絶叫がこだまし、男は僕が手をかけなくても気絶した。

「本当に刺すわけないじゃん。結局治すのは僕なんだからさ」

つまらないな、と思ってそう言うと、背後から掠《かす》れた呟きが聞こえた。

「公爵令嬢の誘拐なんてやっぱり無謀だったんだ……」

その声を拾って、ゆっくり振り返る。

「あれ？　まだ起きてるのいたんだ？」

目が合った男の顔が絶望に染まった。

「——さーてと。あーすっきりした」

のした男の上着を引っぺがして、手足をとりあえず拘束して馬車の周りに転がした。

「これで全員かな？」

「アリアンテ、全員いるか確認を」

ジーク様はそう声をかけたけれど、アリアンテと呼ばれる女は茫然としたまま座り込み動こうとしない。

「アリアンテ、君が引き起こしたことだ。最後くらいきちんと確認をしろ」

ジーク様が再びそう促すと、アリアンテは立ち上がり一人ずつ顔を確認した。

「これで全員にございます」

それから、敬語でジーク様に報告をして頭《こうべ》を垂れた。

僕はその様子に肩をすくめ、ジーク様を見つめる。

「で？　どうすんのコレ。それにここどこよ？　思いっきり山の中だし、馬車に揺られた時間的にクライスト領じゃないことだけはわかるんだけど」

「途中からレーナを誘拐して身代金を要求する計画に切り替えたようだね。道はあるようだけれど明かりも何もないし、我々には土地勘もない」

「それってどういうこと？」

「朝が来るまで動かないほうがいい。……本当はレーナより先にクライストに入っておきたかったんだが厳しいな」

手詰まりである。そんな状況を示されて、アリアンテは目を見開いた。

「ちょっと待ってよ嘘でしょ!?」

そのわめきにも、ジーク様はまったく意にも介さず首を横に振った。

「ここがどこかがわからないのだから、山を下るにしてもどっちに下ればいいのかわからないし、動きようがない」

ごもっとも。

「最悪だ……朝までこの恰好とか死ねる」

僕も大袈裟に天を仰いだ。この寒さでひらひらとした寝間着を脱ぐわけにはいかない。

いったい何時までこの女物の、ふんわりと嗅いだ覚えのある香りの寝間着に包まれてればいいわけ⁉

「なんか方法ないの？」

「ないわけではないが、やったことがないからできるかわからない」

「何すればいいの？　僕にもそれできることなの？」

もう、この際なんでも試そう。そして女装はもう勘弁してほしい。

すると、ジーク様はいつも通りのテンションの低さで指を一本立てた。

「前に、魔法省の人間が空に魔力を打ち上げていただろ。あれはおそらく魔法省の人間への合図なのだと思う。ちょうどここは山頂に近い。ここから同じように打ち上げ続ければ、それを見た誰かしらか来てくれると思う。幸い私の得意魔法は氷で、君は聖だから山火事の心配もないだろうしね」

アリアンテは地面にへたりこんだまま動かなかったけど、こっちもこっちでそれどころじゃない。

それから、僕とジーク様は二人で魔力をなんとか打ち上げられないか四苦八苦していた。

「最後魔力がはじけるところまで命令すればいいのはわかるんだけど、身体から離れたら制御できないよね？」

「魔力を圧縮しているのではないだろうか？」

議論しながら魔力を飛ばす。

何十回の試行錯誤の末に、ついに魔力は打ちあがった。

ヒューーッと風を切る音がして、頭上高く魔力がはじける。

結構魔力使うなこれ……とか思いながら二人で交互にぶっ放した。

その結果。目視できる範囲にある魔法省の方々が大集合することとなることを、僕たちはまだ知らない。

◆◇◆◇

さて、シオンとジークが頑張っていた間。

私レーナはといいますと。誘拐事件が起こる三時間ほど前にはすでに学園を後にしていた。

私を攫おうという局面まで来てしまったってことは、もう逃げきれないと思ったからだ。

では、普通にしていたら逃げきれない私が生き残るためどうすればいいか考えた結果。

リオンは教員用の馬を操り、私はジークの愛馬を操るフォルトの背中にしがみついていた。

お尻が痛い、ヤバい、痛い、でもそんなこと言ってられない。

治癒師のリオンと乗れれば、この問題は解消するのだろうけれど、より体重が軽い二人で乗ったほうが馬の負担が軽減される。そのせいで先を走るリオンをフォルトと一緒に追いかけるスタイルとなっていた。

道すがらいい感じに街灯があるなんてことはなく、道中は闇に包まれていた。

闇の中手綱をさばきながら走るのはなかなかの技能がいるらしく、フォルトはこんな真夜中に走ることなどなかったから、先導するリオンがいてよかったとこぼしていた。

リオンとフォルトに話したいことはいろいろあるけれど。舌を噛むといけないからとしがみつくのに集中していた。

向かうはアンバー領。ユリウス・アーヴァインを先祖にもつ私の家だ！

秘密の部屋のめぼしい資料は、ジークがすべて読み漁《あさ》った。それでもそこからアーヴァインに対しての有力な情報は出てこなかった。

でもよくよく考えてみれば、その理由は簡単だった。

話を本にして、秘密の部屋に寄贈する人間がこれまでいなかったからだ！

秘密の部屋は、選ばれた人しか入ることができない。すべての人間が入り方を知り、秘密の部屋を利用できるわけではないのだ。私が秘密の部屋の入り方を知っていたのはゲームをプレイしたからだけど……

それでも私が、秘密の部屋に受け入れられたということは、魔子の問題は私が解決して、一冊の本として秘密の部屋に納める役割を担《にな》うべき人物だからなのかもしれない。

ご先祖様であるユリウス・アーヴァインのことを聞くならば、私の父以上の適役はいない。

クライスト領では表向きは魔子を倒せたことになっている。でも本当は倒せていない。

そのことを父に話すしかない。そして、ユリウス・アーヴァインが所有していた七色の魔剣がもし誰かに継承されているとすれば、問題は解決するはず！

そう思って、お尻の痛さをこらえながら夜に馬を飛ばしているわけだけど……

それにしても身代わりになったシオンはどうなったんだろう。

散々女装に対して文句を言っていて、二度としないと言い張っていたのに無理にお願いしてしまった。

断られたら最悪命令をと思っていたけれど、事情を知るとすんなりと受け入れてくれた。

まあ、でも間違いなく後からの文句がすごいだろうな……

でも、それらの文句は私ではなくて、今回はジークに言ってもらうことにしよう。

シオンもジークも無事だといいんだけど。

とにもかくにも、一度アンバーに戻らなければ始まらない。私では話にならないかもしれない。

だからこそ、次期領主の教育を受けているフォルトと、魔剣持ちでしかもそれを使いこなしているリオンを連れてきた。

私の安全な毎日のためにも、この問題はいずれ解決しなければいけなかったことなのだから。

途中で最低限の休憩をはさみながら、私達はアンバー領まで馬で駆けた。

夏休みの初めにアンナとミリーと共に、馬車でゆっくりと進んだ前回とは違い、急ぎ足でアンバーへ向かう道中はひどく揺れた。いくら途中でリオンが回復魔法を私達や馬にかけてくれるといっても、かなりしんどいものだった。

それでももう後に戻るわけにはいかない。

そして、アンバー領はどういうメカニズムなのかは不明だが年中夏なのだ。

学園から離れ、アンバー領に近づくほどに暑くなるものだから、冬の装束で駆けていた私達は上着を一枚ずつ脱いでいった。それでもさすがに冬の季節に半袖の衣装は寮に置いていなかったため長袖で走らざるを得なくなる。

正直、ものすごく暑い。

フォルトの背中にしがみつくスタイルなのが、暑さに拍車をかけている。

アンバー領に入ってからは、気温はさらに高くなった。

私は汗臭いだろう。でもフォルトからはいい匂いがする。

それが許せないような乙女心と、申し訳ない気持ちと、恥ずかしさでいっぱいだった。

さて、一昼夜馬を走らせ、私達はどうにかこうにか屋敷に到着した。

本来であれば、今日この場にいるはずのない私とフォルトの登場に門番が固まっている。私はどうにか汗だくの衣装を整えて、彼の前に立った。

「急ぎの用事ができ、戻ってまいりました。父はいますか?」

「お嬢さま、これは長旅お疲れさまでした。すぐに、メイドを呼びますのでお待ちください」

門番がそう言って去っていく。門前払いされなくてホッとした。

私が突然帰ったとの知らせを受けて、まず飛び出してきたのはクリスティーだった。

「おかえりなさいませ、お嬢さま。申し訳ありません。冬休みに帰省のご予定があったとは……。こちらの確認不足でお部屋の準備が整っておりません。申し訳ありませんが、皆様もエントランスのほうでお待ちください」

「部屋の準備は後でいいわ。大事な用があって帰ってまいりましたの。父を呼んでくださる？」

「かしこまりました」

公爵令嬢のイレギュラーのご帰宅に何かしらの理由があるとわかってはいたのだろう。

クリスティーは私にそう返事をすると、控えていたメイドに耳打ちをしてから消えていく。

私達が急遽帰ってきたこと、公爵に会いたいと言ったことからただ事ではないと判断したのか、話をする席はすぐに整えられた。

私とフォルト、リオンの三人は父の職務室へ通された。

テーブルにはすでにお茶の準備が整っており、私が座るだろう席には、この夏散々飲んだお気に入りのトロピカルドリンクが置いてあった。

有難くそれをいただき、一息つく。

そんな私の様子を見て、父は私を見つめた。

「レーナ、それにフォルト。学園は冬休みが始まったばかりだろうに、いったいどうしたんだ？　そのような冬の装いでは暑かろう。着替えて風呂に入るよりも先に話さないといけない大事な話があると思ってもいいのかい？」

やわらかな口調だけれど、私達を見つめるまなざしは鋭かった。

こうなれば、端的に突っ込むしかない。私は父をまっすぐ見つめ返して、口を開いた。

「お父様。クライスト領には魔子がおります。お父様のお力をお貸しください」

私が魔子と口にすると、お父様は椅子に座ることなく私達の後ろで立っているリオンを睨みつけた。

その様子に慌てて、私は首を横に振る。

「リオンが私に何か吹き込んだわけではございません」

「では魔子という言葉をレーナはどこで耳にしたんだい？」

優しそうな顔をしているが、父の目は笑っていない。

かなり過保護だと思う。父は、周りを使って、危険なことからは私を必ず遠ざけようとする。

まあでも。これまで過保護なくらい危険なことからは遠ざけてきたにもかかわらず、娘が魔子という言葉を口にしたのだから、父からしたら思うところがあるのかもしれない。

私はゆっくりと繰り返した。

「それは、クライスト領に魔子がいるからに決まっているではありませんか」

「……レーナ。今は戦乱の世ではない。詳しいことは話すことができないが、魔子が地に産まれることなんてもうないんだ」

父はそう断定する。

はっきりと言いきったわ！　ということは、少なくとも父はなぜ魔子が地に産まれるのかを知っているはず！

「お父様の代より前に、一度クライスト領から魔子の討伐に協力してほしいと要請があったことをご存知でしょうか？」

私がそう切り出すとやさしい父の顔は完全に消えた。

レーナにとってはやさしい父でも、彼の中身は公爵でありこの地を取り仕切る地位ある人間である。さすがに娘から切り出された眉唾ものの話の信憑性が高まれば、父の顔はアーヴァイン家の当主である公爵の顔になった。

「そのことを、どうやって知ったのかな。レーナ話してくれるかい？」

「もちろんです、お父様。私はクライスト領の長い冬を終わらせるために、お父様のお力を借りに来たのですから」

私はそうしてゆっくりと話し始めた。

クライスト領にはいまだに魔子がいること、魔力の高い人間が柱と呼ばれ、魔子の放つ魔力と同等の魔力をぶつけ続けて相殺していること、そしてジークが卒業すれば、領地に帰りその魔力を散らすために一生領から出ることが叶わないこと。ジークから聞いたことをすべて。

「クライストは魔子を倒せていなかったのか……」

父は私の話を一通り聞くと顔を曇らせた。

私はその様子に、大きく頷く。

「ですから、私はお父様のところへ話に来たのです。その昔アンバー領に魔子が産まれた際は私の先祖でもあるユリウス・アーヴァインが討伐したと聞きました。違いますか？」

「その話は本当だ」

「そして、その後クライスト領に魔子が産まれた際に協力をお願いされたけれど、かつてのアーヴァインの当主は断った。それで合っていますか？」

「合っている。その当時すでに、ユリウス・アーヴァインは亡くなっていたからな」

私の質問を父は肯定してくれた。

でも、助けの要請をクラエス家が出した時、すでにユリウスが亡くなっていたなんて。

いや、でも、年を考えればユリウスが死んでいるのは何もおかしくない。彼がいなくても、彼が持っていた魔剣が引き継がれていれば……

「ユリウスの持つ魔剣は特殊で、敵の属性に合わせて刀身の色が変わる特別なものだったと伺いました。——その魔剣は本当に失われたのでしょうか？」

色が変わるならばきっと特殊な剣だろう。おとぎ話に残るほどの実力を有したユリウス。

彼が亡くなった後、そんな特殊な魔剣がもし残っていて、リオン同様継承されたとしても、魔剣の継承者がユリウスほど実力がないとすれば公表などしないはずである。

公表してない魔剣持ちがいるとリオンも言っていた。

特別なユリウスの魔剣に後継者がいたっておかしくない。

そう思って、父に問う。

「レーナ、お前はユリウスの持っていた魔剣があれば、クライストの魔子をどうにかできると思っているんだろう？」

そんな私の考えを父は見透かしていた。

「残念だがレーナ、あの魔剣は後世に残せないものだったそうだ。だから一本たりとも残っていない。そう、私が代替わりした時に告げられている。まさかこの話を跡継ぎではない娘にすることになるとは思わなかったが」

私は目を見開いた。

魔剣は父に継承などされていなかったのだ。

絶望する私に、父は少しだけ申し訳なさそうな表情になって言葉を続けた。

「……ユリウスの遺産として、彼が持っていた剣のコレクションは今も残っている。だが、その中に魔剣など一本もなかった。今となってはおとぎ話のような色の変わる魔剣が本当に存在したのかどうかも怪しい」

また私を巻きこまないように隠しているんじゃないの？　と疑ったけれど。

父はとても惜しいといわんばかりの顔をしていた。私が思ったように、きっと歴代領主として跡を継いだ者たちも、ユリウスの魔剣がもし残っていれば！　と思ったはず。

もう確認しつくされたはずのものを、父自ら確認している。

それは、私が求めていたおとぎ話に出てくる魔剣が、もうこの世のどこにもないと証明されたも同然だった。

アンバー領に行きお父様に交渉すればなんとかなるかもしれない。

そんな甘い考えはあっさりと打ち砕かれてしまったのだ。

「――本当に、魔剣はどこにもないのですか。お父様がどうにかしてくれたりは――」

「ああ。一応、ユリウスはとても優秀で、存命の間に他の地にできた魔子をこっそり処理してきたそうだ。ただ、クライスト領のように、魔子の存在を秘匿していたなら、それも難しかったのだろう。私が知っているのはこれくらいだ。そしてレーナ。私にはおとぎ話の英雄のようなことはできない」

私の目をまっすぐと見つめて父はそう言い切った。

手詰まり。何も言葉を返すことができず私は呆然と父の瞳を見つめるしかなかった。

「かわいいレーナ。力になれなくて申し訳ない。信じられないなら、ユリウスの遺産である剣のコレクションをその目で見て、その手で触れてみればいい。お前は魔剣の主だから、本物の魔剣が中に紛れているとすれば、お前を傷つけることができるかどうかで真偽がわかるだろう。……ユリウスが存命の間に魔子がクライスト領にできていたならばよかったのだが」

そこまで言われて、フォルトも下を向いてしまった。

リオンもお父様の口ぶりから魔剣が本当にないとわかったようだった。

お父様の言葉が私の頭の中でぐるぐると駆け巡る。

もう駄目だ。もう駄目だ。

そう私に念押しをするかのように、私がやめようと思っても、頭の中にぐるぐると駆け巡ったその言葉に何か引っかかった。

あれ？

ユリウスが存命の間に、他の地にできた魔子もユリウスの手によって討伐されただろうこと。

七色に変わる特殊な魔剣。

すごく重要事項のはずなのにどこにも残っていない、ユリウスの魔子の討伐方法。

そして、父の言った言葉。

『あの魔剣は後世に残せないものだったそうだ。だから一本たりとも残っていない』

それって、もしかして――

私は振り返ってリオンを見つめる。

「リオン、魔剣は何本も体内に収納できるのかしら？」

「二本持っていたことを公言していた人物が過去にいたので、可能だと思います……」

何故そんなことを？　と聞きたげな姿に首を横に振り、私は父に視線を向けなおした。

「お父様、落ち着いて私の質問に答えてください」

――落ち着け。違和感があるということは、これが問題解決のヒントになるかもしれないってことよ。

父は、再び前のめりになった私に驚いたようだったが、頷いてくれた。

「レーナ、私には仕事がある。このことで時間をとるのはこの質問で最後にしてほしい」

「ええ。十分ですわ。――お父様は先ほど、『魔剣は後世に残せないものだった、だから一本たりとも残っていない』とおっしゃっていましたが、これと同じように先代から伺ったのですか？」

「そうだ」

父は私の質問に頷いた。私は重ねて問う。

「お父様、ユリウスの所有していた魔剣は果たして一本だったのでしょうか？」

その瞬間、父の顔が驚きの色に染まった。そして、父は記憶をたどるようにして、言葉を絞り出した。

「『アーシュ、残念ながらユリウスの魔剣は後世に残せないものだったそうだ。だから魔剣は一本たりとも残っていない』」

「……お父様は先代からそうお聞きになったということでよろしいでしょうか？」

「そうだ、レーナ。私は確かに一本たりとも残ってはいないと聞いた」

「これは私の推測ですが。ユリウスが保有していたのは七色に変わる魔剣ではなく、七本の魔剣だったのではないでしょうか？」

一人が魔剣を複数本所有できるのであれば、一属性の魔剣が複数あったと考える方が自然だ。

「ユリウスは後世に魔剣を残さなかったのではなく、複数本の魔剣を所有していたことを秘密にしていたから、魔剣が残っていることを伝えられなかったんじゃないでしょうか？」

ユリウスの遺産の剣のコレクションは父の書斎……書斎というにはかなりの広さの部屋にすべて残されていた。

鞘におさめられた形で、さまざまなサイズの剣や刀が並んでいる。

「これすべてが遺産……」

十や二十ではない、ぱっと見で数え切れない。もしこれが推理通り魔剣だとしたら……

この中で、魔剣の所有者は二人。まぁ、私は一応持っているだけで使えないけれど。

父と私とフォルトの視線を受けながら、リオンが一番手前に置いてある立派な刀に手を伸ばした。

そして、鞘から刀を取り出す。

刀身は魔剣とは違い、色を帯びた輝きなどない。

「どこかで見たことがある材質だと思うのですが……すみません。思い出せません。とりあえず、この状態ではわかりませんが、表面に何か文字が彫られている可能性があります。レーナ様の推理通りですと……。フォルト様、申し訳ありませんが確認のための協力をお願いします」

私とリオンは魔剣の主。そして公爵である私の父に頼むわけにもいかない、かといって他の者を呼んできて試せるような話ではない。

フォルトが左手を前に出し、リオンが刀身でほんの少しだけフォルトの指を切りつけた。

刀身が一瞬黄色に光った。フォルトはほんのわずかな傷だというのに、怪訝な顔をした。

「信じられない。おとぎ話の続きを見ているかのようだ」

父がそう言いながら、別の剣を持ち、自らの指先を傷つけた。

刀身はフォルトの時よりも強く黄色に輝き、ほんの一瞬だけれど剣の表面に文字が見えた気がした。

光が消えると文字も見えなくなったけれど。

「すでに皆さんなんとなく、お気づきかもしれませんが。ユリウスが所有するはずの七色の魔剣は残っていませんでしたが。ここに残された遺産は、おそらくすべて……」

リオンの声は震えていた。それくらい衝撃的な出来事がこの一つの部屋に詰まっていたのだ。

言葉には出さなかった。けれどこの部屋にいる私の父もフォルトもリオンもユリウス・アーヴァインの魔剣の秘密と魔子の討伐方法に気付きかけていた。

たくさんの領地を回り、魔子をどうやって討伐したのか。

クライストの魔子は氷属性であること。

なぜ魔子の倒しかたが後世に残されなかったのか。

ユリウスの特別な魔剣の秘密。

そのすべての謎がパズルのピースを埋めるかのようにはまっていく。

ユリウスがどうやって魔子を倒したのか。

その方法は私が思っているのが正解ならばジークを……いえ、クライスト領を救えるのかもしれない。

「お父様」

「レーナ、落ち着くんだ。答えを急ぐんじゃない。これはすぐに結論を出していいことではない。私は父としてではなく公爵として判断をしなければいけない。レーナがしようとしていることは、ユリウス・アーヴァインが意図的に伝承させなかったことなんだ」

すぐそこに助ける手段があるというのに父はそう言う。

確かに間違いなく、ユリウス・アーヴァインは、この助け方を故意に伝承させなかったのだろう。

理由もそれとなくだけどわかる。もし、この方法が使えるのならば……二次被害で大変なことになるからだ。

「私はユリウスがどの領を魔子から救ったかは伝え聞いている。そちらに確認したいことがある。動くのはそれからだ」

「それでは、いつになるかわかりません」

アンバー領までは馬で急いで駆けてもまる一日かかったのだ。

今から何か所もの領を回って話を聞くなどという時間はない。

私を逃がすために、囮としてすでにシオンとジークというカードを切ってしまっている。

父の言葉に目を剝くと、父は首を横に振った。

「大丈夫だ、レーナも一度、魔道具で学園から私に連絡してきたことがあっただろう。離れているからといって、手紙しか連絡手段がないわけではない。今夜一晩だけでいい。時間がほしい。皆も馬でまっすぐ駆けてきて疲れているだろう。休めるときに休まないと、いざ動こうとしたときに動けなくなる」

お父様の言うことはもっともだ、一昼夜馬で駆けてきた。

私はしがみつきながら一瞬ウトウトしたときもあったけれど、フォルトもリオンも寝てない。

今はアドレナリンが出ているから動けるだけで、途中で動けなくなったらヤバい。

私達が反論できないでいると、父はすぐに視線を後ろに向けた。

「クリスティー、控えているか？」

「はい、控えております」

クリスティーは呼ばれるとすぐに出てきた。父は当然のように頷く。

「レーナの部屋の準備はできているか？」

「もちろんでございます、旦那さま。お風呂の準備も、来客用の部屋も整えてございます。軽食の準備はまだ完了しておりませんが、お風呂から上がられる頃にはできます」

本当にできるメイドだった。

「では、公爵として、レーナ、フォルト、リオンの三名に指示を出す。三名はすぐに風呂に入り、食事をとり、眠りなさい。明日の朝メイドが起こすまでだ」

「「承知いたしました」」

すぐに、リオンとフォルトはそう返事をした。

「承知いたしました」

私も二人から遅れてそう返事をした。

そして風呂に突っ込まれた。言葉の通り突っ込まれたのである。

入浴剤は私の体調に応じて変えているようで、今日はほっとする香りがする。

精油なのかな、油みたいなのが浮いていてそれがいい香りがする。魔子問題の解決の糸口を見つけたこともあり、ピーンと張っていた緊張の糸がほぐれていくのを感じた。

それだけじゃない、ある程度温まったころ合いを見計らって、メイドが何人も現れてあっちもこっちも美容によさそうな泥をすり込まれ、もまれ流されろくに寝てない私の肌の遅れを取り戻すかのように急ピッチでケアされた。

お風呂から上がればいつものように丁寧に髪を梳《と》かされる。

軽食というから、サンドイッチかな？　と思ったら、一口サイズのコロッケのようなものが出された。

中身がそれぞれ違う。コロッケだったり、ミートソースとチーズだったり、白身魚のフライのようなものだったり、ライスコロッケだったりとさまざま。口直しにカットされたフルーツまでずらりだ。

さすが屈指のお嬢様、軽食に手軽にと提供されるもののレベルが違う。

それは料理の種類だけではない、久々に食べるアンバーでのご飯もまたおいしい。

料理長は腕を上げたかもしれない。

お腹が膨れると、急に眠気が襲ってきた。

たしかに、このまま向かっていたら途中で絶対眠くなっていたわ……

ベッドに倒れ込んで私は目を閉じ、次に目を開けたらもう朝だった。

それくらい私は疲れていたのか。ついでに何をしているのかわからないが、我が家にしては珍しくずいぶんと騒がしい。

私が寝室から姿を現すと、メイドがすぐに私の支度を始めた。

「長距離移動しますから、髪は動きやすいようにおまとめしてもよろしいでしょうか？」

それに返事をすると、手早くフルアップにされる。パーティーの時ほど高価なものではないのだろうが、控えめな飾りピンが刺された。

リビングのテーブルにはすでに朝食の準備が済んでおり、後は私だけだった。

私が席に着いたことで、何も言わなくても朝食が始まる。

「飲み物はいかがいたしましょうか？」

「いつもので」

そう言うとおなじみのぬるいトロピカルドリンクが出てきた。

「今日はやけに騒がしいですね、どうしたのですか？」

「旦那さまが冬のクライスト領に入るということで、準備の品を持った商人が順次訪問しているのです。申し訳ありませんが、少々騒がしくなります」

ご飯を食べ終わりエントランスに出てみると、たくさんの人人人であふれていた。

「馬車への熱石《ねつせき》の取り付けは終わったか？」

「終わりました。予備の石はすべての馬車に積めばいいでしょうか？」

「冬の装束は積み込んだか？」

「おい、あれないぞ！」

混雑の中で気になる言葉があった。

熱石というのは、馬車の側面に取り付けられているこの赤色の石だろうか。

手をかざしてみるが熱くない。

すると、すぐに商人が私に近寄ってきて、馬車に取り付けられているのと同じ石を渡してくれた。

「お嬢さまの分の熱石もお渡ししておきますね。使われるのは初めてですか？」

恰好ですぐに私が誰かわかったのだろう。さすが我が家に出入りする商人、親切ね。

「初めてです。これは何なのですか？」

「これは炎の魔石を改良したもので、熱を持たせることに特化したものになります。クライスト領は今の時期は雪がひどいので、これを使って雪を溶かして馬車を進めるんです。馬車が雪にはまって寒い場所でとどまることになった時や雪原ではぐれてしまうようなときは、暖をとらないと死んでしまいますからね。人も持ち歩くのが普通ですね」

そう言って男が取り出したのはビー玉ほどの大きさのものだった。

「このサイズがあれば半日はもちます。手で握ってちょいっと魔力を込めると温かくなりますから。こちらにある特製の布袋の中に入れると、すぐに暖がとれます」

魔法のように懐から布袋が出てくる。男はさらに説明をしてくれた。

「雪で道が封鎖された時は、この専用の棒の先にこいつを取り付けて魔力をたっぷりと送ると、雪をとかせる棒になります。その場合このサイズですと持続時間は二十分ほどでしょうか……。ただ、たっぷり魔力を送り込んだあとの雪がとかせる状態の石は熱くなりすぎて、人では持って歩けません。温まるためならほんの少しの魔力で大丈夫です」

そう説明をして、商人はビー玉くらいのサイズの石がいくつか入った袋を私にくれた。

馬車にとりつけると思われる大きなサイズの物が気になった私は、まぁ、お父様がお金払うし念のためとこっそり専用の棒と共に一つ拝借して、一緒に袋に突っ込む。どうやら雪を溶かすときに使う熱石をセットする棒はさまざまな大きさの熱石が取り付けられるようになっているそうだ。どうにもならなかったら、このどでかいのを使ってみよう！

さて、しばらくすると、準備を終えた皆が姿を現した。

最後は父であった。父は似合わない大きなリュックを背負っている。

おそらくだけど、あそこに遺産であるユリウスのコレクションが入っているのだと思う。だからこそ、従者にまかせず父が荷物を背負っているに違いない。

私達は馬車に乗り込み、まずはオルフェの森へと向かった。

「お父様、昨晩は忙しそうでしたね」

「クライスト領は今の時期はもうかなり雪深くてね。行くなら相応の準備をしないといけないから手配が必要なんだ。あとは……ユリウスが魔子を倒したと伝えられている領の地を今治めている公爵に連絡を取っていた。聞きたいことがあったから」

父はおとぎ話を聞いた子供のようにきらきらとした瞳でそのことを話し出した。

なんとその領地では『アーヴァインの公爵が自分から魔子の名前を出した時のみ話すように』と言われていたことがあったそうだ。

圧倒的な力を持つユリウスのおかげで長い内乱が終わった。歴史上ではそうなっているが事実は微妙に異なる。

何万もの人が戦場という限られた場所で大量に死ぬことで、血脈へと流れる魔力は通常ではありえないほどの量となる。

血脈で処理しきれない魔力が溜まった時、血脈の中心に現れるのが魔子。

ユリウスは、かつての当主に魔子を討伐した後こう告げたそうだ。

「魔子は人々が愚かにも私欲のために戦い血を多く流すと現れる。今は私がいるから倒せるが、次現れた時救世主など現れない。だから戦をすぐにやめろ」と。

「ユリウスの魔剣は思っていた形とは違ったが、おとぎ話なんかではなく本当に実在したんだ」

父はとても嬉しそうに私達にそう話して聞かせた。

一日馬車を飛ばし続けて、ようやくクライスト領に入った。

それまで暑かった馬車内が一転、急に寒くなって、私達は冬用の上着を羽織った。

小窓を開けると、雪こそ今は降ってはないけれど、以前に降った分なのか雪が数センチ積もっていた。

雪道のせいか、いつもよりも馬車はゆっくりと進む。

クライスト領に入ってすぐの魔法省の支部を越えて、クライスト領の中心部を目指す。

ジークとシオンはもうクライスト領に入っているだろうか……

すでに彼らと別れて三日も経過している。穏便にとはとても思えない状況だったから、二人とも無事だといいんだけど。

そんなことを考えながらたどり着いたジークの屋敷は、私の家とまた違った意味で豪邸だった。

こんな建物を世間では城って言うんだよって心の中で思わずツッコミを入れたぐらい。

さて、ハイビスカスの家紋が入った馬車の到着を見てクラエスの門番が慌てている。とはいえ紋の力は絶大で、事前に約束などしていなかったけれど私達はあっさりと中に通された。用心深くなっていた私は、荷物を一通り持って馬車を降りる。

　これでお父様がジークの父とお話して穏便に魔子を退治しておしまい！

　……と思っていたけれど、事態はそう上手くはいかなかった。

　なんとジークの父が、クライスト領の魔子の存在を認めず、『そんなものはいない、おとぎ話のようなことを言うな』と父に言うのだ。確かに、周囲に悪影響をもたらし続ける魔子の存在を他領に知られるのは、良くないことだろう。でも私達は助けに来たのだ。

　父もそのように言ってくれたが、ユリウスが後世に伝えなかった遺産のことは話せない。つまり、魔子をどのように倒すのかは相手に言えない、言えるはずもない。

　それが余計に不信感を煽ったのだと思う。

　ジークの父も長い冬のせいで心が病んだ者の一人なのかもしれない。

　公爵同士の話し合いは難航している。

　そうする間にまた雪が吹雪《ふぶ》いてきた。

「ここはとても嫌な感じがする」

　途中で話し合いの場から席を外した私達が外を眺めていると、フォルトは窓の外を眺めながらそう言った。

　フォルトの顔は青白く、見るからに大丈夫そうではない。

「フォルト、あなた顔が真っ青よ」

「おそらくですが、フォルト様は魔力量には優れていても魔防が低いのでしょう」

この時ようやく魔法省で自分の魔力について調べたことを思い出した。

私は、魔力がこのメンバーの中でダントツに低いくせに、魔防だけは高い。それってなんの意味がと思ったけれど、魔防が高いからこそ私は今ピンピンしているのか！

吹雪《ふぶ》いてきてからというもの、フォルトの顔色は悪くなるばかりだ。リオンも普段通りを装ってはいるが気分のいいものではないと言っているし。

これほど大きな御屋敷なのにメイドをほとんど見かけないと思っていたけれど、もしかしてメイドも具合が悪いのだろうか。屋敷の調度品なんかを見て、フォルトが『困窮しているのか？』というほど屋敷の中は質素に感じたのだ。

さらに不安を煽るのが、先に着いていると思ったジークとシオンがまだ来ていないことだ。

無事だよね？

私の身代わりであっさり死ぬような二人じゃないよね。

それとも私達が来るのが遅くて、先に魔子のところに行ったのかもしれない。もしそうなら、早く迎えに行ってあげたい。フォルトはソファーに横になり、どことなくぐってりとしている。

いてもたってもいられない私はリオンを呼び、廊下で話すことにした。

「公爵同士の話し合いはまだ終わらないの？」

「そうみたいですね……」

「フォルトは大丈夫なの？」

「治癒魔法で治すことはできませんが、死にはしないでしょう」

しかしその日の夜になっても、話し合いの決着はつかなかった。

疑うクラエス公爵と、解決できるが方法は明かせない父の攻防は簡単に終わりそうにない。

吹雪はその間も降ったりやんだりを繰り返している。

フォルトは体調がすぐれないようで客室にこもったきりだ。

翌日の朝になってからは、吹雪がやまない時間のほうが短いくらい、天気は悪化していた。

たまにすれ違うメイドも皆すごく具合が悪そうに見える。

この感じだと平民たちはもっとつらいんじゃないだろうか。

そんな中で私だけがいつも通りだ。

いつもは足手まといにしかならないけれど、今日は違う。

この状況を解決するための方法はわかっているのだ。

本当は、こんなつらい時間をいつまでもいつまでも我慢しているのは無駄でしかない。

問題が解決してしまえば、みんなが楽になる。

そう思った私は、再びリオンを呼び出した。

「レーナ様、駄目ですよ」

話の本題に入る前に、私の気持ちを読み取ったのかリオンが断る。

私は彼の言葉を聞かず、首を横に振った。

「この中でまともに動けるのはリオンと私だけみたいね。見ての通り私はぴんぴんしております。

父も具合が悪そうなので魔子のそばに行くことはきっと無理でしょう」

「言いたいことはわかりますが……」

リオンは言い淀む。

「雪はどんどんひどくなっていることにあなたも気がついているでしょう？　クライストの人々には後がない。ユリウスの子孫ってだけで私を攫おうとするくらいに……」

「ですが……」

「こっそりと抜け出し私一人で行くのと、荷物持ちであなたもついてくる……どちらがマシですか？」

にっこりと笑うと、リオンがあきれ顔になって私に質問する。

「わかりました。ですが怖くないのですか？」

「怖いけれど。私の意思なんて関係なしに攫われる方がもっと怖いわ。それに……知ってしまったのに知らんふりなんて、もうさすがにできそうにないなって」

秘密の部屋で積み上げられた本たち。

一体ジークは、救いを求めてどれほどあの部屋であがいたのだろう。

シオンにはきっと怒られちゃうだろうけれど。ここまで知って見て見ないふりなんかできなかった。

それに皆の知らないところで攫われたらそれこそアウトだもの。

さぁ、二人で行くわよ！　と意気込んだその時。

もう動けないだろうと思っていたフォルトが現れた。

「俺も行く」

具合が悪いのに、私とリオンの話を隠れて聞いていたんだろう。

でも様子からしてどう考えても連れていくことは無理だ。

「魔防が低いあなたでは無理です」

リオンもそう思ったのか、フォルトの申し出をあっさりと拒否した。

しかし、フォルトが珍しく食い下がる。

「学園でレーナ嬢の手を放してしまったことを今も後悔している。もう後悔したくないんだ」

真剣な目。その表情を見たら、決して引き下がらないだろうと確信できた。

リオンはため息を一つつくと、自身の腕からブレスレットを外してフォルトに差し出した。

「これを身に着ければ魔防をわずかに上げることができます」

「感謝する」

フォルトはリオンから借りたブレスレットを身に着けると、魔剣になる前の剣が入る袋を大事そうに担いだ。

荷物を下ろしておいた甲斐があったってもの。

私もとっておきの熱石を入れておいた袋を持って、外に出た。

もうまともに動ける者が少ないのだろう。私達は誰にも止められることなく屋敷を後にした。

かっぱらってきた熱石で雪を溶かしながら、私達は進んでいった。

◇◆◇◆

まったく魔法省は融通が利かない。こちらが犯人の拘束に成功したからと言って、尋問になだれ込んでしまったのだ。このままだといつまでたっても終わらないと思った私達は、シオンの鮮やかな手引きにより事情聴取をアリアンテに押し付けてクライストへと向かったのだが……

シオンと共に、なんとか屋敷の門をくぐる。本来いるはずの門番はいない。みんな、魔子の影響を受けているのだろうか。予定よりずいぶんと遅くなってしまった。

魔子からほど近い場所にある邸宅は魔子の放つ魔力の影響を受けやすい。

屋敷に飛び込んで、手近な人間に状況を聞く。

レーナがうまくやったのか、アーヴァイン公爵様が来られていた。

「父上、戻りました」

父の書斎に入り、挨拶をすると、父は私が帰ってきたことにひどく驚いていた。

「……なぜお前が帰ってきている」

絞り出すような声に私は胸を張り、はっきりと答えた。

「レーナに救いを求めたからです。私だけが学園でおびえて引っ込んでいるわけにはいきません、彼女を巻き込んだのだから。ところでレーナをはじめ数人の姿が見えないのですが一体どこに？」

私がそう言うと、レーナの父が顔を真っ白にした。

それだけですべてがわかった。

「――本来ここに居るはずだったのですか？」

私の言葉に、椅子を倒すほどの勢いで立ち上がるとレーナの父は書斎を出て走りだした。

いるはずのない娘を捜すように。

「レーナ！　レーナ！」

どれだけ公爵が声を荒らげて名を呼んでも、返事はない。

そしてよほど重要なものでも置いてあったのだろう。

何度も何度も、公爵は何もない場所で何かを探すような動作をしていた。

「どうして……リオンにはあの子が出ていくと言ったら必ず止めろと言ってあったのに」

しばらく探し回った後、公爵は床に膝をついた。その姿にため息を吐いた。

「お忘れですか？　リオンは、レーナと主従関係です。レーナが行くと決めたらリオンに力がどれほどあっても血の盟約は絶対、リオンにはレーナを止めることなどできません」

シオンが隣で肩をすくめている。

窓の外では雪が止むことなく降っていた。

◇◆◇◆

魔子に近くなれば近くなるほど、魔防の低い人間は気持ち悪くなるらしい。何もわからない私とは違い、不快だと感じることができる二人に、方角が合っているか何度も確認しながら進んでいく。

吹雪はどんどんひどくなり、ほんの少し先すら見えない。

寒さで凍《こご》えるのではと思ったけれど、熱石はいい仕事をしてくれていた。

バカでかい熱石は雪を解かすだけではなく、暖ももたらしてくれている。

魔力を込める必要があるため、熱石の起動は私よりも魔力量の多いリオンのほうが適任だった。

リオンと先頭を交代してからはペースを上げて歩けている。

それから、どれくらい歩いただろうか。

視界はずっとゼロだったというのに、急に視界が開けた。

私はかぶっていたローブから顔を出した。

雪の晴れた先は、不思議な光景だった。

目の前一面に、紫色が広がっていたのだ。

そこに木々はなく、ただ紫の砂が、砂漠のように降り積もっている。

「何これ、こんな砂自然界にあるの？」

私がそう言うと、リオンは屈み、砂を触る。

それから私の方に視線を向けた。

「おそらくこれは氷の魔力が込められた魔石が砕けたものでしょう」

「これが、魔石……って、見渡す限り一面紫ですよ？　まさかコレ全部？」

そっと指さした先だけではない。見渡す限り紫だ。

「おそらくそうでしょう。同等の魔力をぶつければ相殺できるとジーク様がおっしゃっていましたから。これは推測ですが、人だけでは追いつかないため、魔石も使用して対処していたのでしょうね」

後ろを振り返れば視界ゼロなほど吹雪《ふぶ》いているというのに、ここには雪も降ってなければ、風もない。

この静けさが不気味ね。

その時だ。

「うあぁあああ」

叫び声と共に人がこちらに走ってきた。その迫力に私は身を固くする。フォルトが思わず剣の柄に手をかけるが、リオンはフォルトが抜刀しないように、フォルトの手に自身の手を重ねて抑え込んだ。

「大丈夫です。おそらくここで役目を果たしていた者でしょう。魔子の魔力放出の状況が悪化したことで耐えられなくなったのだと思います」

そう言って、リオンは冷静に半歩横にずれると相手の首筋に触れ、あっという間に昏倒させた。

動揺して動けない私とは違い、鮮やかな動きだ。

「……加害者ではなく、被害者である彼らに手荒なことをあまりしたくはないのですが……。私でも立っているだけでかなりつらいですからね。かなり衰弱しています。気分が優れず、ろくに飲み食いしていなかったんでしょうね」

リオンはそう言って屈むと、倒れこんだ人物に治癒魔法を使い始めた。

正直なところ、私にはまったくそのつらさがわからないので難しい。

「こんな綺麗なのに、物騒ね」

あたりを軽く走ると、紫のキラキラとした砂に足跡が付く。そこで気がついた。

この人の足跡をたどれば、深いところに行けるんじゃないかしら。

「リオン。治癒が終わったら、とりあえずこの足跡をたどって行ってみましょう」

そう言って、振り返って気がついた。

リオンがひどく真っ青な顔をしている。

「リオン？　顔色がひどく悪いわ」

「……大丈夫です、返事が遅れ失礼いたしました。治癒魔法を使ったせいで魔力が減り、影響が強く出たようです」

そう言うものの、立ち上がることすらおぼつかない様子だ。

「無理をして進むことはないわ。リオンが動けないってことは、ここで動ける人のほうが少ないと思うのよ。だからリオンはここで待っていて」

私はリオンから魔剣のなりそこないの入ったリュックを奪う。

ズシッと重いけれど、背負って歩くしかない。

「レーナ様お待ちください。ダメです！」

リオンはそう言うけれど、身体は付いていかないようだ。

いつもなら命令でもしない限り、リオンからリュックを奪うこと自体不可能である。それなのに簡単にリュックを奪えたこと自体、リオンが弱り切っていることを意味している。

「大丈夫大丈夫！　やばくなったら走って逃げ帰るので。あとは任せて」

「おっ、おいレーナ嬢」

フォルトも慌てて私の後ろをついて走り出す。あれほどクラエスの邸宅で弱っていたのに、今大丈夫ということは、リオンの魔道具にはかなりの効果があったようだ。

「待ちなさい。この方と同じようにあなたたちまで錯乱したら……」

リオンが必死に私達に追いすがろうとする。しかし立ち上がることすらできず、リオンは地面にまた膝をついた。

「そこでじっとしていてね！　逃げられそうだったら、お屋敷に戻ってもいいから！」

そう言って、私とフォルトはさらに前に進んだ。

リオンはいなくなったけれど大丈夫、大丈夫。

怖くない、私ならできる。そう暗示を自分にかけてみるけれど、不安な気持ちが顔をのぞかせる。

そんな気持ちをごまかすように、私はフォルトに話しかけた。

「ねえ、この足元の魔石って、何の魔石かしら」

「氷だな」

そう言われて、目を瞠《みは》る。

「氷の魔石って少ないんじゃなかったの？」

レーナの家は公爵家にもかかわらず、お気に入りのトロピカルドリンクはいつも常温だった。

だから、氷の魔石は貴重なものとばかり思っていた。

フォルトは一瞬考えて、頷いた。

「氷の魔法を扱える術者は少ないらしい。運搬などでも重宝されるから高価だけど。この光景を見ると、流通量が少ない本当の理由は別にあったのかもしれないな」

なるほど。供給が少なかったんじゃなくて、クラエス領が買い占めていたせいで、私達の方まで回ってこなかった可能性があるってことね。確かに、あたり一面が氷の魔石が砕け散った紫の砂なのだ。いったいどれだけの魔石がここで砕け散ってきたのだろうか……途方もない数なのだろう。

フォルトとそんな雑談をしながら進んでいると、うつろな目で座り込んでいる銀髪の男性を発見した。


さっきの人だけじゃなかったの？

でも、先ほどのように襲われては私ではひとたまりもない。少し戻って迂回しよう。

フォルトに目配せして、私は足音をなるべく立てないようにじりじりと後ろに下がる。

しかし、わずかな足音に男が気がついてしまったようだ。

男はハッと目を見開いて、こちらを睨みつける。

「おい、交代じゃないのか？　逃げるのか？」

後ろに下がる私達にそう言うと、男は先ほどの男と同じく、こちらにとびかかってきた。

私じゃかわせない！

その時、フォルトが私の背負っているリュックを思いっきり引っ張った。

引かれるままに後退すると、先ほど私が立っていた場所を狙うかのように、男の腕が空を切った。

悲鳴なんか出なかった。

「金の髪。金の髪！」

男はぶつぶつと繰り返す。男の言うように、私とフォルトは金髪だ。だけど、それがいったい何なのだろう？

クライストにはあまりいない髪色なのだろうか。

「落ち着いてくれ。俺たちは君たちを助けに来たんだ」

襲ってきている彼は敵ではなく、被害者だ。リオンにそう言われたことを覚えていたのだろう。

フォルトは剣の柄から手を離すと、ゆっくりと説得を始めた。

私は剣を構えつつも、フォルトの言葉に何度も何度も頷いた。

しかし銀髪の男性はぎらぎらとした目のまま、私達に怒鳴り続ける。

「嘘をつくな。責を変わりたくないんだろう。おじけづいたんだろう！」

「嘘じゃない。本当だ」

そう男に話しかけながらも、フォルトが私に目で合図した。

——早く逃げろ、と言っているようだ。

ここに私がいたらフォルトがまともに動けない。

少しでも離れないと。心臓がうるさいほど鼓動を奏でているのがわかる。

死にたくない。怖い。でもここから動かないと。

音をなるべく立てないように、息をも殺し、私はリュックを背負ったままじりじりと後退する。

「嘘だ、嘘だ、嘘だ！」

「落ち着いて聞いてほしい」

緊迫した空気の中で、フォルトの落ち着いた柔らかな声が響く。

フォルトが説得している隙に、お荷物要員の自覚がある私は立ち上がり、ゆっくりと後退する。

そして緊迫した空気の中で一瞬どちらも声を発しない静寂が訪れた。

ジャリッ。

砂を踏みしめた音は小さい。

だけど、その音は十分すぎるほど響いてしまった。

あっ！　見つめたその先では、焦点の合わないうつろな目が、ある程度離れることに成功した私を間違いなくとらえていた。

ぶわっと鳥肌が立つ。

お願い、やめてこっちに来ないで。

誰か助けて!!

無駄だとわかっていても心は強くそう願った。

◇◆◇◆

「どこだ、魔子はどこにいる？　答えろ！」

レーナの父が、私の父に向かって声を荒らげる。

私の父は冷ややかな目をして答えた。

「アーシュ。お前は見たところ、魔防がそれほど高くはない。魔子の支配する空間に入る資格がお前にはない」

その言葉に、レーナの父が眦《まなじり》を上げる。

「資格が私にはない？」

「そうだ。お前はユリウスの子孫ではあるが、彼の魔防は受け継がれなかったようだ」

レーナの父が立ちあがり、私の父に一発入れようとするのを、シオンが間に入って止める。

「お二人とも落ち着いてください！　今は二人で言い争っている場合じゃないでしょ」

レーナの父は万全の体調じゃないんだろう。身体強化すらしてなかったこぶしはあっさりとシオンに止められていた。

私も二人の前に飛び出した。

「……それでは私が行けばいいでしょう！」

レーナの父に資格はなかったとしても、私はクライスト領の次期柱だ。あそこに入れるだけの適性があるとわかっている。視線を向ければ、父は何も言わなかった。

外に飛び出る。そんな私の後にシオンが付いてきた。

「僕も行く。レーナ様と僕は血の盟約を結んでいるから、何かあればどこにいるかはっきりわかるはずだよ」

「わかった」

熱石をいくつか持ち、ローブを羽織り屋敷を飛び出した。

道中は吹雪《ふぶ》いていて視界はほぼゼロ。思わず顔をしかめた。

レーナ達はこんな中を進んだというのか。あまりにも無謀だ。

しかし、雪の中を進むほど、嫌悪感が増していくから、どこに進むべきなのかだけははっきりとわかる。

熱の魔石を使いながら、私はこれまであえて避け、足を運ばなかった場所を目指した。

近づけば近づくほど嫌悪を感じる。

そして、それが高まったころ、終わりがないかのように思えた雪は突然止んだ。

台風と同じで、中心部の魔力は渦巻いていて雪は降っていない。

視界が急激に開けたそこは、どこまでも続く紫の平原だった。

足元にはキラキラと紫の砂が散らばっている。これらすべてが氷の魔石がくだけ散ったものなのだ。

いったいいくつの魔石がこれまでここで役割を終え、砂となったのだろうか。

「すごく場違いな景色だね。とても綺麗とは言えない」

シオンは真っ青な顔でそう言った。私は頷く。

普通はここに近づくことすら無理なのだ。

「無理をしないほうがいい、魔防が基準を満たさなければ吐き気が止まらなくなり、動けなくなる」

シオンに忠告するが、シオンはにこっと笑った。

「まだ大丈夫。ところでジーク様。あれ、リオンじゃない？」

その言葉に、慌てて視線を前に向ける。

そこに居たのは、確かにリオンだった。誰か別の男を拘束しつつ、座り込んでいる。

私が名前を呼ぶとリオンは青白い顔を上げた。

「ジーク様⁉　それにシオンまで……。申し訳ありません。レーナ様を止めることが叶いませんでした」

そう言って、リオンは頭を下げた。その顔はシオンよりも青い――というか白い。

適性不足だったのだろう。見た感じ何度か吐いているようだし、ここに滞在するのでギリギリのようだ。

レーナが奥へと入って行ったとしても、この状態の彼では追いかけることは叶わなかったに違いなかった。

「レーナは？」

「奥へ進まれています」

その言葉に、視線を走らせる。紫の砂に場違いの小さな足跡とそれを追うようなもう一つの足跡があった。

フォルトとレーナだ。

「行こう！」

小さな足跡を目印に、私達は奥へと進む。

そうして、十分ほど歩いただろうか。

シオンがぴたりと立ち止まった。

私は、彼に限界が来たのだろうと察した。

中心部に来ただけであれだけ具合が悪そうだったのだ。ごまかせるものなんかじゃない。

現に私もだんだんと体を不快感がむしばんでいくのをひしひしと感じている。

「大丈夫か？」

そう声をかけたが、シオンはただ足跡の先をじっと見据えていた。

「ジーク様、ごめん。僕先に行かなきゃ」

言うやいなや、シオンは私が止める間もなく身体強化をして走り出す。

まさかの行動に私は目を瞠《みは》った。

「ここで魔力を使ってはいけない！」

そう叫んだが、シオンの姿はあっという間に見えなくなってしまった。

◇◆◇◆

「落ち着け」

――男の視線が私を射貫いている。

そう思うだけでもう動けなかった。

誰か助けて！　そう思った時、私と男の間に立ちはだかったのはフォルトだった。彼はなんとか言葉で男を止めようとする。

「剣、金髪。ユリウス・アーヴァインだ。彼が来てくれたんだ」

しかし、その声は届いていない。男は、私をまっすぐ見つめてもうずっとずっと前に亡くなったご先祖様の名を呼ぶ。

そっか。金髪って、ユリウスの特徴だったんだ。

「お願いだ助けてくれ」

パキパキと音を立てて、男の手から氷が伸び、私に向かってくる。

決して速くはないけれど、いずれ私達を貫きそうなその氷を見て、フォルトの手が剣の柄に伸び掛かる。

その時だ。

「なんで切らないの？」

聞き慣れた声が、不思議そうにそう呟いた。

「シオン！」

振り向くと、そこにはシオンが立っていた。

ジークは？　そう聞く余裕はなかった。

ただ彼の名前を呼びかけると、シオンは私の声を無視したまま、フォルトの答えを聞く。

幾分ほっとした顔で、フォルトがシオンを見つめた。

「彼はおそらくクライスト領の貴族だ。錯乱しているだけで悪意を持って襲ってきているわけじゃない。だから……できることなら切りたくない。協力してほしい」

「わかった。聖魔法で相手の素肌に直接さわって魔力を送ることができれば昏倒させられると思うんだけど、フォルト様止められそう？」

「まあ、なんとかな」

そんな会話をしつつ、シオンが離れていてといわんばかりに手をシッシとやった。

私はその指示に従い、ゆっくりと立ち上がる。それから男が二人に気を取られている間に今度こそ離れようとする。

「待ってくれ、置いていかないでくれ！」

そんな私に男の手が伸びるのを、フォルトが手でいなす。

シオンは困った顔で笑った。

「フォルト様、僕ここまで身体強化で走ってきたからさ。もうギリギリかも」

「ああ。君が倒れる前に決着をつける。俺はもう後悔なんてしない」

伸びる手をかわすと、フォルトは右手に集めた魔力を軽く男にぶつけた。

「頼む少しでいい、動き回らないでくれ」

フォルトの願い通りに、腹部に一撃を食らった男は雷魔法の影響だろうか、動きが鈍った。

そのすきをシオンは見逃さなかった。

「あとは任せて。フォルト様」

そう言って、シオンが相手の額に触れる。

「ぐぅ」

短いうめき声とともに、ようやく男が倒れた。それを見届けて、フォルトは膝を折った。シオンも本当に魔力の限界に近いところまで動いていたのだろう。大の字で転がり天を仰いだ。

「もう駄目、僕一歩も動けない。動いたら間違いなく吐く」

そう言って、シオンはゆっくりと目を閉じて沈黙した。

「俺もだ。もう立ち上がれそうにない。目的地までおそらくあと少しなのに」

フォルトはそう言って、視線を宙に向ける。それからシオンと同じように地面に横たわった。

「二人とも！」

呼びかけても、二人は答えない。

どうしよう、誰か人を呼びに……？

でも私以外にここで平気そうにしている人なんかいない。

二人を引きずって戻る？　でも一度に二人は連れていけない。

あんな風に人が錯乱状態になる場所にいつまでも二人を置いといて平気なの？

私はフォルトが見据えた先を見つめた。

まだ、私は全然魔子の影響を受けていないようだ。でも、これ以上進んだら同じように錯乱状態の人が襲ってくるかもしれない。

――怖い。でも知っている人を失うのはもっと怖い。

私は、わずかな思考の後、リュックを背負って一人で歩き出した。

そして異変はすぐに起こった。

先ほどまで平気だったのに、進めば進むほど体調が悪くなっていく。

めまいはするし、吐き気もある。これが強い魔力の影響なの？

剣の入った重いリュックを置いていくわけにはいかないから、背負って歩く。

リュックの中身が中身なので重いのは当然なのだけれど、足取りはどんどんと重くなっていった。


そして、吐き気を堪えながらたどり着いた先に、目的の場所を見つけた。

ここだってことは、すぐにわかった。

そこには丸く深い紫色をした塊があったから。両手に抱えられそうな程の大きさで、思っていたより小さい塊。

そこに近づけば近づくほど、気分が悪くなってくる。本能的に、これが魔子だとわかった。

丸い塊は、まるで大地に根を張り、栄養をその土地から吸うかのように地面に繋がっていた。

「これを倒せば、いいんだよね……？」

私はリュックから適当な剣を一本鞘から取り出すと、両手で握り込んだ。それから息を吸いこみ魔子に切りかかる。

しかし、剣は通らなかった。

硬いものにぶつかった感じがしたが、刃は通らない。

力を込めるが、私では刺さらないどころか傷すらついていない。

お願い刺さって！

大切な人たちを置いてきた。

自分の具合の悪さも半端ではない。

でも、何も失いたくない！

だからこそここで私は引けない。そう思って何度も何度も切りかかる。

けれど願いも虚《むな》しく、魔力の容量を超えたのか握っていた剣のほうが、紫に輝き始めた。

そして、しばらくするとパンッという音とともに粉々に崩れてしまう。破片はサラサラと零れ落ち、紫の砂に混じっていった。絶望感に身を焼かれそうになる。

――でも、諦めてたまるもんですか！

私だってユリウス・アーヴァインの子孫。ユリウスのような輝かしい人生を送ることは無理なのは百も承知。泥臭い状態を幾度も乗り越えて、今日まで生きている。

でも、今日だけでいい、お願い、その力を貸して！

私がユリウス・アーヴァインの直系子孫だというなら、私でも討伐できるはず。

強く願っても、やっぱり私の持っている剣が魔子には通らない。

「なんで……どうして……。魔力の低い私では攻撃が通らないの？」

ここまで来たのに倒せないの？

だんだんと喉が渇き、立っているのもやっとになってきている。

でも倒れちゃダメだ。フォルトもシオンも動けないんだから。

私がやらなきゃ……私が……

三本目の剣を駄目にした時、とうとう気持ち悪さが限界まで達して、私はその場で倒れ込んだ。

まずい、お願いラッキーネックレス様。あなたに本当に効果があるならどうか、私の運を上げてこの状況をなんとかして！

世界がぐるぐると回る。

それからどのくらいの間、そこで横たわって終わりのない苦しさと戦っていただろうか。

「……レーナ」

誰かに名前を呼ばれた。

私は身体を起こして、声の主を探す。

すると、文字通り這ってこちらに向かってきているジークがいた。

ジーク！　私は荷物をその場に置いたまま、なんとか身体を起こしてジークのところに向かった。

「遅れた、大丈夫かい？」

掠《かす》れた声で、私よりも大丈夫そうではない姿でジークが、そう聞く。

私は、なんだかどうしたらいいのかわからないまま、彼にわずかに微笑んだ。

「めまいと吐き気があるからあまり大丈夫ではないです。すぐそこに魔子らしいものがいたのですが、私ではそばへ行って剣をあてても剣は通らなかったのです」

そう言うと、ジークが目を瞠《みは》った。

それから、聞いたこともないほど弱々しい声で、私に言う。

「……すまないが、私ではもうこれ以上は這ってでも進むことは難しい。どうかそこまで連れて行ってほしい」

もちろんだ。私はジークの脇の下に手をいれて、引きずりはじめた。足場が細かな紫の砂だったことや、ジークがまだ細く少年と青年の間の体型だったこともあり、体格差はあるけれど、なんとか引きずって連れていくことができる。

そうして魔子の前までたどり着いた。でも、魔子に近づけば近づくほど、影響はひどくなるはずだ。

ジークの顔色はひどく悪い。真っ白で表情も苦しそうだけれど、魔子に接触して大丈夫なのだろうか……

しかし心配などする暇もなく、ジークは、四本目の剣をリュックから取り出した私を振り仰いだ。

「この剣で倒せるのか？」

「ユリウス・アーヴァインであれば討伐できたようです。でも、同じ直系なのにユリウスと違って私じゃこのように剣が通らないのです」

ちゃんと策を用意してきたことは間違いない。

そう伝えるために、ユリウス・アーヴァインはこれで討伐できたのだということを教える。

でも、私の握っていた剣は案の定魔子には通らなかった。ガッと硬いものにぶつかった感覚がして、しばらくすると剣は紫に色が変わり、そしてパンッとはじけるような音とともに砂に変わる。

ジークは今も私が運んできたままの状態で横たわったままである。

こんな状態で大丈夫だろうか……

そう思った時だ。

「——レーナ、剣に魔力は込めているか？」

「え」

剣に魔力なんて込めていない。いや、込められるほどの魔力なんてないもの！

そんな方法が……！　と思っていると、ジークはわずかに微笑んだ。

「そうだな、レーナより私が込めたほうがいい。ただ今目があまり見えていないから狙いが付けられない。君が私の代わりに見て狙いを定めてくれ」

そう言って、ジークは私に手を差し伸べた。慌てて違う剣を取り出して鞘を捨てる。それからジークに剣を握らせ自分も手を添えた。ジークは横になっていて起きれそうにないから、真上からじゃなくて真横から突いてみよう。

そう思いながら剣を支えていると、ジークが剣に魔力を込めだしたのか、あたりの温度がさらに下がる。

何も切っていないのに、刀身が紫に変わった。

私は剣先を動かして、グッと塊に剣先を当てた。

今度は弾かれることはなかった。

ゆっくりと剣が通る。

剣が刺し貫いていくうちに、気持ち悪さやめまいが薄れていく。

そして、急に不快感がゼロになったと感じた瞬間——

目の前の塊は、実にあっさりとパラパラと砕け散った。同時に、その辺一帯にこもっていたような不快な魔力が一気に散っていく気がした。

暖かな風が吹く。

「やった！　倒したんじゃないかしら？　吐き気も治った！」

私は思わず顔を上げた。それから手元の剣を見つめる。

「これ、魔力をたくさん込めないと刺し貫けなかったのね。それなら私じゃ無理なわけだわ。あっ、ジーク様ごめん、その辺に私が吐いたのがあったかもって今思い出しました」

しかし、ジークは何も言わない。

「ねぇ、ジーク様？」

体調の悪さが一気に治った私は、敬語を使うことも忘れてジークに話しかけた。

剣を握っていたジークの手が緩み、離れ、地面に落ちる。

「ジーク？」

返事がないのが不安になって、地面に倒れている彼の顔に触れる。

彼の頬は冷たかった。

……人間の頬って冷たくなることもあるんだっけ？　うん、あるわよ。

寒い時なら、頬だって冷たくなるわ。

そう自問自答する。

でも、頬が冷たいだけじゃない。目は閉じられているし、塊が砕け散った瞬間に私の体調は万全に戻ったというのに、ジークは動かない。

私は震える手で、彼の口元に手を持っていった。

彼は、今にも止まってもおかしくないほど、弱々しい息を吐いていた。

思い返せば、あのジークが這いつくばって進んできていたし、目もよく見えないと言っていた。

彼にとって魔子に近づけるラインの限界はとうに過ぎていたのに、無理やりここまで進んでいたのではないだろうか。

――私は今何をすればいいの？　私に何ができるの？　回復なんてできない……

シオンは、シオンはどこにいるんだろう。

魔子に向かってとにかく進んできたはいいけど、あたり一面の景色は同じでどこに誰がいるかがわからない。

パニックになりながら、ジークの身体の前に跪く。

そうだ、魔力をジークに分けよう。

ジークは大量の魔力を使ったせいでこうなったんじゃないか？

そんな結論にたどり着いた私は、躊躇することなく彼に唇を重ねた。

私の魔力ありったけを彼に…………

そして、身体の魔力の大半を急激に失った私は、一瞬で意識をなくしてしまったのだった。


後から聞いた話、平原で二人折り重なるようにして倒れていた私達を発見したのはリオンだったそうだ。

動けるようになったリオンがいち早く駆けつけてくれたおかげで、私達は一命を取り留め、ジークも後遺症などは残らずに済みそうとのことだった。魔力を使い果たし、ぶっ倒れた私は、自分一人では問題の解決がはかれもしないのに勝手に飛び出していったことを当然ながらひどく怒られた。

特に魔子のいる深部まで入れる人材など限られるそうで、あそこで倒れられたら回収できる猛者《もさ》がこの時代に生きているかどうかわからないレベルだったそう。

つまり、そんな魔子の影響が強い深部まで進み、ジークを魔子の前まで連れてこられたことこそが、間違いなく私がユリウス・アーヴァインの直系である証明のようなものだったのだ。

彼のたぐいまれなる魔力量や雷魔法は引き継ぐことはかなわなかったけれど、魔子のいる深部までずんずん一人で進めるくらい魔防を持っていたおかげで魔子討伐がなんとかなったというわけだから。クライスト領の人たちが私さえいれば状況がひっくり返せたのではないか？　と思ったのもあながち間違ってはいなかったのだろう。

ただ、もしあそこで私が諦めず動けなくなるまで剣を刺し続けるような無茶をした場合。そして、ジークが来ることなく、魔子の討伐が果たされなければ、すぐに助けに入れるような人材はいなかった。

つまり、食べ物も水もろくに持ってない私はあそこで朽《く》ちていた可能性もあったと言われ、今さらながらぞっとした。

吐き気とめまいとだるさくらいだからまだいけると軽く見て、そのうち動けなくなる可能性など考えてもなかった。

それでも、私は後悔なんかしていなかった。

フォルトとシオンが倒れた場所でどちらか一人を引きずって戻る選択をしていたら、私は途中で気持ち悪くなって動けなくなっていたかもしれない。もしも、もう一人を回収できなかったら、私は一生後悔したと思う。

とはいえ、まだベッドから起きあがれない私は、逃げ場などなく、皆様のお叱りがきちんと終わるまで聞くことになり、申し訳ない顔で俯くことしかできなかった。

そんな感じで怒られまくったけれど、クライスト領の空は昨日の吹雪が嘘のように晴れ渡り、開け放たれた窓からは暖かな春のような風が入ってきた。

魔子という原因が取り除かれたため、屋敷にはどこにいたのだろうという程の数のメイドや従者がが現れた。そして、そんな彼らがまだ残る大量の雪を熱石で溶かしている様子が窓から見える。

結局お父様からあの雪の中をどうやって進んだのか問い詰められたことで、私が何気にでかいほうがいいだろうとかっぱらってきた熱石がかなりの値段することも判明してしまった。さらに怒られるのかと思ったが、緊急時だったとはいえ、私が簡単に拝借できるほどの管理の悪さになっていたことに、父は頭を抱えていたので良かったことにしよう。

まあ、持ち去ったのが娘だったからいいものの、私が簡単に取れるということは別の誰かが拝借してもわからないってことだからね。

そんな、皆様からの苦情、お小言、私が無事である確認が終わった時、私の部屋に訪問者があった。

それはジークの父だった。彼は私の寝ているベッドの前まで来ると、私の前で膝を折ったのである。

しかもそれは、横になっている私に目線を合わせるためではなかった。

動けない私の手に彼の手が添えられる。

クラエス領を取り仕切る、公爵であるはずの彼が、わざわざ私相手に最上礼をおこなったということは、彼の口から懇切丁寧な私の身体を気づかう言葉と、お礼の言葉が飛び出したことでわかった。

ジークは、自分の限界を超えても魔子の影響が強まる深部へと進んだこと、そして私という第三者を使うことで本来では入れもしない深いエリアに入ったことで身体の内部に深刻なダメージを負っていたそうだ。

他の部分はともかく目は特に重症で、治癒魔法のあるこの世界でも、二週間ほどは様子を見ながらの治療となるそうだ。目はいまだに包帯に覆われているらしい。元のように見えるようになるのか？　という質問に関しては、手当てまでが早かったため、大丈夫だと言われてホッとした。

公爵も、決して息子をただ生贄として差し出したいわけではなかったようだ。

彼にお礼を言われて、ようやくジークが救われたのだと私は確信できたのだった。

そして、私の回収のどさくさに紛れてしっかり魔剣の元となる剣は回収された。

しかし、どのようにして、魔子を討伐したのかは公《おおやけ》にならなかった。

もちろん私の魔力量がそれほど多くないことを、ジークの父親は知っていた。だから、そんな私が誰も討伐できなかった魔子を討伐した方法を何度も確認してきたけれど、「助けた方法は公表しないことが、助ける条件となっており、ご子息もそれを納得している。しいて言うなら、娘は紛れもないユリウスの血を継ぐ直系だったからだ」と父が答えることでそれ以上は詮索せず、あっさりと引いてくれた。

過去魔剣を使って、魔子を討伐したという実績があったことが、討伐方法についての柔軟性を失わせる原因となっていたのだと思う。未完成の魔剣は、完成した魔剣よりも吸える魔力量の限界値が高い。つまり、魔子の魔力にあてられて壊れるまでの猶予が長いのだ。それを利用して、魔子の魔力を吸わせつつ自分の魔力で対抗すると、魔子を壊すことが出来る。

当時のユリウス・アーヴァインも、そのことに気がついたのだ。彼は屈指の魔防の持ち主だったこともあり、単身であちこちの魔子の討伐を行い、その副産物として、魔子の余剰魔力を吸わせたさまざまな属性の魔剣を手に入れ、己の身体に収納したのだろう。

でも魔子がいれば魔剣が作成できるとわかってしまえば、それを利用したがる人間は山ほど出て来ただろう。

だから魔剣は次世代に残さなかった、いや、残せなかったのだ。

それでも何かあった際に、と、ユリウスは自分の遺産として数々の魔剣の依《よ》りしろとなる刀や剣を残した。

それらは貴重なものとなり、使われることなどないと見越していくつも。

もしアンバー領に次に魔子が現れた時、藁にもすがる気持ちで遺産の剣を手に取り魔子の討伐に繰り出せば、子孫には魔子討伐のからくりが伝わることを願って。

◆◇◆◇

翌日、一日寝ていたことで身体がようやく動くようになった。魔子がいなくなったことで動ける者が多くなったせいなのか、メイドはバタバタと忙しそうだ。

よく考えると、忙しすぎて忘れていたが冬も終わりを迎えようとしている。年越しはこちらの世界でもいろいろ準備があるのかもしれない。

さて、すっかり回復した私は一人広い部屋でほっとかれていた。といっても私が読みそうな恋愛小説が何冊かと、大きめのティーポットにたっぷり紅茶も用意してくれているので、気を遣ってくれてはいるのだと思う。

　一応令嬢だし病み上がりだから、今日くらいはベッドの上でおとなしくしていると思われているのかもしれない。

　私自身はピンピンしているし、おいしい名産品をいただいたり、せっかくクライスト領まで来たのだからできれば観光なんかしたりしたいんだけれど。

　さすがに今観光したいとか、名産品食べたいとか言える雰囲気ではないことくらいはわかる。

　そこで退屈をしながら本を読んでいたわけだけど……

　ドアがノックされ、入室の許可を出すと入ってきたのはシオンだった。

「あっ、もう元気そうじゃん」

「もうこの通り、すでに暇を持て余しているのよ」

　元気の良さを証明するためにもドヤッとしてしまう。

「ホントもう少ししおらしくしてなよ。あんなことがあった後くらい……」

　さすがにぶっ倒れた後だけあって、シオンの毒舌もいささかマイルドだ。

　私はにっこり笑いつつ、シオンの方を見つめた。

「もしかしてお見舞いに来てくれたの？」

「あっ、違うよ」

さらっと否定されるけれど、なら何しに来たんだお前である。何か袋を持っているから、てっきり私が暇をつぶせるものか、おいしいものでも入っているかと思ったのに。

「あっ……違うんだ」

「うん。あ、ちなみにフォルト様は『レーナ嬢は疲れているだろうから訪問を控える』って言ってたよ」

フォルトの育ちの良さが垣間見える。

「なのに、シオンは来たのね」

「まあ、滞在してる部屋に掃除も入るようになったし、いつまでも僕がこれを保管しておくのはちょっとね……」

そう言って、シオンが取り出したのは、金髪のウィッグと私の寝間着であった。

そうでした。シオンに私の身代わりを頼んだのだった。

女性物の寝間着にウィッグが部屋にあるのがメイドにばれるのはちょっと……なのだろう。

寝間着は着慣れたのが返ってきて嬉しいかも。

急遽用意されたやつだからなのか、今の寝間着ってしっくりこなかったのよね。

他人が一度袖を通したものとかも洗濯しちゃえば気にならないし、今夜はこれを……

そう思って広げて見てみると。

見事な血痕、血痕、血痕、である。

「うえぇ！」

思わず変な声が出た。

それも結構な量がお腹のあたりから下半身にかけて、それはもうベットリと。

殺人現場で被害者が着てましたみたくなっている。

「ちょっ、ちょっと何よこれ⁉」

「ごめんね〜。高そうだから、できれば汚さず返したかったんだけど。こうなっちゃった」

ペロッと可愛く舌を出したけれど、その可愛さを出されたブツがゴリゴリに帳消ししてくるやつだった。

まるで殺人現場から拝借してきたかのような寝間着にもかかわらずシオンは軽い口調である。

「えっーと……返り血ですよ、ね？」

ピンピンしているシオンに聞く。

「あっ、誰の血なんだよって気になるよね。一応それは僕の血。下洗いしようかと思ったんだけど。ジーク様に布地が非常に高価なものだから、適当に洗わないほうがいいって言われてそのまま保管してたんだよね」

さらっと、自分の血であると認めたし。

ジークも適当に洗わないほうがいいとまで言うのならば、自分の家に着いた段階で、メイドにこの殺害された人が着ていそうな寝間着を何とかするように言ってほしかった。

「問題はそこじゃないでしょ」

結構ガッツリついた血痕を見て、攫われた先で何があったのかと震える。

するとシオンはさらっと肩をすくめた。

「あっ、一応アリアンテ・フォン・クラエス以外はサーヴァント領の魔法省の人が捕縛していったから！」

「ごめん、何があったのか、話が全然見えないんだけど」

私を攫ったら、アリアンテ共々クライスト領に来るんじゃなかったの？

そこでようやく、私はシオンとジークがこのクライスト領に来るまでに何があったかを知ることとなった。

とりあえず、私と対面したアリアンテという女が、私を誘拐してクライスト領に連れてこようとした首謀者だったようだ。

そして彼女の思惑通りことが運ぶことはなく、私を攫おうとしていたアリアンテの仲間が裏切って、公爵令嬢レーナの誘拐を目論んだと。そして金をせびろうとして、ジークとシオンにナイフを向けてきたこと。

そこで高そうな寝間着が切られては大変と、シオンがナイフを握りこんでから男に二発ばかし入れたら寝間着がこうなってしまったこと。

その後、アリアンテを裏切ったやつらをシオンとジークの二人で捕縛したこと。

それから、私達とクライスト領で合流するつもりだったけれど、途中で裏切られたせいで場所もわからない山奥にいたこと。

魔法省の人がやっていたように、空に花火のようなのを打ち上げたらサーヴァント領の魔法省の人が駆けつけてきたことで自分たちがサーヴァントにいることがわかったこと——

波乱万丈すぎる。

そして、結局クライスト領を救うこともできず、私を誘拐することもできずにへたり込んでいたアリアンテにジークはこう命令したそうだ。

「魔子のことは君の願いどおりけりをつける。そのためには私達はクライスト領に行かなければいけない。だから魔法省の職員がきたら話を合わせろ」

そこで、クライスト領への帰省の途中に金目的の男たちに襲われたということで口裏を合わせ、ジークとシオンは面倒な尋問をアリアンテに押し付けた。それからはジークが公爵家というのを最大限に利用し、クライスト領まで馬を走らせたそう。

尋問はこれまでの経験から、やっぱりしばらくはかかると思うということ。

アリアンテは公爵家ゆかりの人物だから、丁重に扱う必要がある。ちなみに魔法省には相応の謝礼を払うので、護衛もかねて後日クライストまでアリアンテを連れてきてほしいと依頼したそうだ。だから彼女は学園が始まった頃にはこちらに輸送され、それからクライスト内でこっそりと罪を問われることになるらしい。

このことは、すでにジークの父には報告済みだそうで、私の父への報告はアリアンテが実際に領へと帰ってきてからになるという。

私が本当に攫われたとしたらヤバかった。

私にナイフを向けられて脅されたら、あのジークすら攻撃に転じることができなかっただろうし。

何よりシオンは、私の寝間着よりも自分の身体をもう少し大切にしてほしい。

とりあえず、アリアンテを罰するのはずいぶんと先になりそうだ。

それくらい魔法省の尋問というのはしつこい。

すでに何度か経験済みの私は、過去の尋問を思い出してげんなりしてしまう。

「ま、こんな感じかな」

「ありがとう、状況はよくわかったわ」

それは良かったね、と言ったシオンはこれからリオンを案内人にして、父、フォルト、ジークの父と一緒に魔子のいた場所を視察に行くそうだ。

私も暇だから一緒に——と思ったのだけど私が口に出す前に。

「寝てろ」

ニッコリといい笑顔でシオンはそれだけ言って、さっさと部屋を出ていってしまった。

お留守番が確定した私は、起き上がって、ジークの様子を見に行くことにした。

家の中ならうろうろしていても、まだ許されるであろう。

口うるさ……心配性な人物がちょうど皆、魔子のいた場所の視察に行くし。いつまでも部屋にこもっているほうがつらい。

あやふやにして、先延ばしにしていたことも今なら話し合いで納得できそうだし。

そのついでにジークの家も探検しちゃおう。

そう思って、部屋を出てみるとやっぱり大きな家の散策は楽しい。

私の家にはそこらへんに高そうな壺やらアートやら絵とかあったけれど、ジークの家は大きいもののどこかすっきりとしている。

無駄がないと言えばいいのか、遊び心に欠けると言えばいいのか。

私を見かけると、メイドや従者が隅によって、深く頭を下げる。

そんな彼らにジークの部屋の位置を聞きつつうろうろして、ようやくジークの部屋の前に到着した。

眠っていたら悪いなとそーっと扉を開ける。

ジークはベッドの上で横になっている。包帯で目が隠れているので、寝ているかどうかはわからない。

でも、ちょっと悪戯心がわいた私は扉をそーーーっと音がしないように閉めて、足音を立てないように近づく。

普段すましているジークに近づいたら思いっきり大声で『わっ！』とやって驚かせてやるのである。

驚かす前からニマニマとしてしまう。

一メートル圏内に入って、よし、いくわよ！　と息を吸い込んだのだけど。

「レーナ何か用かい？」

包帯に覆われてこちらのことなど見えないはずのジークが、見事私がいることを察知して声をかけてきたのだ。

いや、これは偶然に違いないわ。そういえば私が自ら話し出すと思っているのだろう。

私はその場で動くことなく、少し間をおいてやっぱりレーナはいなかったとなってから驚かす作戦に切り替えた。

「レーナ？」

返事はあえてしない。

「一体どうしたんだい？」

ジークは私がいる位置見えています？　ってくらい正確に手を伸ばしてくるのを、三歩静かに下がって避ける。

――私はここに存在しない。でもいるぞって驚かせるのだ……

「ふぅ」

すると、めんどくさそうなため息が一つ。

ジークって、まさか常時私の幻影とでも戦ってんの？　って心配になる。

だって普通そんなに目のところ包帯でぐるぐる巻きにしていたら、見えるはずはないんだもの。

しかし、そんなことをしているうちにジークはつらそうに身体をベッドから起こし始める。

何⁉　これは本格的に探すつもりか？

どうする？

しかし相手は目隠ししているも同然。ばれるはずなどない、距離をとればいける。

前が見えてないんだから、せいぜい手を前に出して障害物がないか確認しながらゆっくり歩く程度よね？　と思っていたけれど。

ジークは目の周りをグルグルに巻いてある包帯に手をかける。

いやいやいや、見えないから見えるようにって、さすがに外したら駄目でしょう！

とっさに、包帯に手をかけたジークの手を掴む。

しかしよくよく見ると、ジークの手は包帯に触れているだけだった。外すフリをしていたのだ……

はめられた！！！

離れようとするが、遅かった。

ジークのもう片方の手が私の腰に回る。

「捕まえた」

くそっ、完全に騙された。出し抜かれたのが悔しい。

悔しさでだんまりを決め込んでいた私に、ジークがあきれたように話す。

「レーナ……もう、捕まっているのだから。いい加減に諦めて訪問理由を言ってはどうだい？　正直なところ、このやり取りは非常に面倒だ」

ものすごい本音をぶっこまれた。病み上がりで本調子ではないのかもしれない、考慮すべきだった。

いつのまにかついつい驚かせることにむきになっていた。

「すみません、驚かせたかったのですが……本当はその目見えてます？」

「いや、見えてないよ」

「では、なぜばれたのでしょうか？」

「メイドならば忍び足で入ってくる必要はないだろうし。かといって他の人物であれば、もっと上手に気配を消したはずだ」

ようは私が下手糞だったという話である、自分では足音してないと思ったんだけどな。

「お加減はいかがですか？」

「目がしばらく使えないのは不便だがあとは平常通りだ。レーナ、君が元気そうで安心した。本来は私が君の部屋に出向いて膝を折り、頭《こうべ》を垂れ礼をすべきだったのだが、今は身体がこのような状態なので許してほしい」

ジークはそう言うと、私に回した腕を離して再びベッドにゆっくりと横たわる。

もしかして、私のちょっとした悪戯のつもりが、ジークにかなり無理をさせて対応させてしまったのかもしれない。

「ちょっとした悪戯のつもりだったのですが、無理をさせてしまい申し訳ありません」

「かまわないよ。君にはこれっぽっちのことでは返しきれない恩がある。今後はどこまで寄せられるかはわからないが小説に出てくるような男性になれるように――」

「ジーク様」

目に包帯を巻いていることも相まって、なんだか雰囲気がいつもと違う。

目の前に居るのがジークであることを確かめるように名前を呼ぶと、「なんだいレーナ」といつもの返事が返ってきた。

でも、私が話を遮ったにもかかわらず、気にしないような穏やかな声だ。ジークは私に恩があるから、今後は私が望むような婚約者であるように約束しようとしているのだ。

そう気がついて、胸が痛くなった。

最初からこの婚約は歪んでいたのだから。

正直なところ、ものすごく惜しい。ジークには魔力量もあるし、イケメンだし、物腰だって基本は柔らかい。

私のことを好きではないってことをのぞけば超優良物件というやつだ。

それに、今のジークと約束をしてしまえば、私への多大なる恩を感じて、万が一今後ヒロインに恋をしたとしてもゲームのようにむごい婚約破棄をせず添い遂げてくれるかもしれない。

けれど……この婚約のひずみは、目の前のいくら大人びているとはいえ少年が背負うには余りにも重い。

「ジーク様。——婚約を解消しましょう」

静かな部屋で私の声は、とてもよく通った。

もうクライスト領に魔子はいない。

そうなれば、アーヴァインの直系令嬢にこだわっていたジークには、私との婚約を続ける理由がもうないはずだ。

というか婚約自体、魔子がクライスト領にいて、あの女が私を誘拐してまでなんとかしたがっていたということを考えると、ものすごーーーく命的に危ないものだったのだけどさ。

そういえばだけれど、グスタフも私の血には利用価値があるといっていたし、ヘタしたら結婚後闇に葬られていたかもしれないしね。

ジークの返事を待つ。長い沈黙の後、ジークは口を開いた。

「どうしてって、理由は見当がつくが……」

瞳は包帯のせいで見ることは叶わないけれど、バツの悪そうな気配から、私にかつてした失言を思い返しているのだろうということを感じる。

でも、今回私が解消を望んだ理由はそこではない。

私は思い切って、もう一度声を張り上げた。

「婚約を続ける理由が、私達はもうありません。違いますか？」

「違わ……ない。だが今後は態度も改めるし、君の望む小説のような男性になれるように努力もする」

浮気発覚の言い訳のような言葉をジークは続ける。

私と婚約し続けるメリットなどもう何もないだろうに……

見えないとわかりながら、私は首を横に大きく振った。

「いいえ、助けてもらったことに対して、自分の身体を対価にしてまで払う必要はありません。第一ジーク様はまだ十四歳ですしって……あっ！　プレゼントもらいっぱなしだわ。ごたごたしていたらプレゼントを渡すのを忘れておりました。ごめんなさい」

用意していたプレゼントって結局どうなったんだっけ？

アレ？　コートと一緒に寮にまでは来ていたわよね。

「いや、プレゼントのことは別に今話題に出さなくとも……って脱線しているから話を戻してもらえるかい？」

「これは失礼を。えーっと。もう自由に生きてもいいのではないでしょうか。婚約にも縛られず、恋愛して好きな人と結婚されてはどうでしょうか？　あっ、恋愛はいいですよ。本当にあのニコル・マッカートの小説のように胸がキュンキュンしたり、苦しくなったりするのです」

　ジークは何も言わないので、私の恋愛はいいぞトークが炸裂する。

「『あんな男は現実にはいない目を覚ませ』とジーク様は言われましたが。いいところを見せたいと思う女性が現れたら妙なところで現実主義のジーク様もきっとかっこつけちゃったりする日がくるんですよ。たぶん……」

　少なくともジークルートの後半には、ロマンチックな要素もちゃんとあったもの。

　そう思って力説すると、思いがけず弱々しい声が返ってきた。

「……君はもう私のことを好きではないのかい？」

「好きじゃないから婚約を破棄したいというわけではありません。我慢して婚約を維持しなければいけないなら、しなくてもいいかなと思ったのです。万が一、婚約解消後ジーク様が私に惚れたらアプローチしてくださってもよろしいですよ。私もアプローチされたら検討いたしますわ」

　ひどい目にあってばかりだが、これは一応恋愛ゲームのはずなのだ。私だって攻略キャラのようなイケメン相手じゃなかったとしても、恋の一つや二つして甘酸っぱい気持ちになりたい。

——それにはこいつが邪魔なのよ。

私のことを好きじゃないとしても、こんなのが私の横にいたら他に男寄ってこないだろう問題である。

あまたの恋愛をしてきたわけじゃないけれど、それだけはわかる。

そんなこともあり、最後の最後に超上から目線で言って締めくくる。

ジークは聞いているのかどうなのかすらわからない。何も言わないままだ。

「あの、伝わりました？」

「あぁ……ただ、君との婚約を解消するなんてことを本気で考えたこともなかったから」

婚約はジークの意思ではなく、本当に政略結婚としての意向があった。だから、破棄や解消などというパターンは本来ありえないものだったのだろう。

「自由というのもきっと楽しいと思います。ただ、婚約解消後すぐに恋人など作られると、思いっきり私が振られたとなりかねないのでその辺はご配慮願いたいですけど」

解消って言っているけど、公爵令嬢だったにもかかわらず、ジークが他に好きな人を見つけて振られたんじゃないかと周りから言われてはたまったものではない。

そう真剣に言ってみる。

「はっ……なんだそれ……ははっ……」

すると、ジークが笑った、声をあげて。

笑ってはいけないと思っているのか、完全にハハハって言っているのに、我慢しているもんだから笑い声が細切れに漏れ出している。

いつもの張りつけられた完璧な愛想笑いとは違い、まさに爆笑だ。

「笑いごとではございませんよ、切実な問題です」

「ちょっと……もうやめてくれ」

そう言うと、ジークは腹を抱えて笑いだし、痛みが走ったのか固まったりとせわしない。

「勝手に笑っているのはそちらじゃないですか。切実なお願いに対して爆笑で返すのは失礼ですよ」

「それはすまな……っ」

またも笑いかけて、痛みが走ったのか黙る。

私はそんな彼を気遣い半分、拗ねた気持ち半分で見つめた。

「そんなに笑うようなところありました？」

「そんなことを気にするくらいなら、婚約を解消しなければいいのに、理由がないからと律儀に解消してそれじゃどうするんだとか……そんなことを思ったら…っ……」

完全にツボにはまってしまったようで、ジークは今までに見たことがないほど子供らしい顔をしていた。

失礼極まりない。顔のいいやつにはこの気持ちはわかるまい。

ジークは私が何を言っても面白いのかしつこく笑っていた。本当に失礼極まりない。

どこにそんな面白さがあったというのか……

とうとう笑いすぎて、身体に支障をきたしのか『治癒師を呼んできて』と言い出す始末。

私はプリプリとメイドを探して治癒師を呼んでくださいとお願いすることになった。

そして、レーナが望むならば拒否する理由がないとのことで、ジークは私との婚約解消を承諾した。

ちょうど新しい年が始まる日が、レーナとジークの長い婚約期間の終了の日となった。

もちろん、お互い口頭で婚約を解消しましょう→そうしましょうだけで終わるはずもない。

魔子がいた平原の視察から戻ってきたお父様に婚約解消のことを告げると固まっていたし、ジークの父など『息子が何か不始末をしたのか？』と真剣に私を問いただした。

なので、とりあえず私だけで話をするより当人であるジークも交えてお話をってことになったが、まだジークはベッドの上から動けない。なので、ジークの部屋に大集合となった。

結局うちの父も、『本当に解消していいのか？』と何度も食い下がってきたけれど、私達が納得していることが大きかった。

なら今後レーナはどうするのか？　代わりの婚約者を探したほうがいいのか？

となると、一応解消したということがついて回るし見つかるのか……、最悪歳も同じだからフォルトのほうに打診すべきか？　ということを言っていたので。

フォルトにも迷惑をかけるつもりはなく、学園生活の中で何とか相手を見つけたいと言った。

何を絵空事を、と父はさり気にひどい発言をしていたが。

領主教育を受けてない私は、アーヴァインの跡を告げないことをわかっていること、その上で恋愛結婚をしてみたいのだと言うと。

親馬鹿もあってか、「今後どうするんだ……ということは、お前んとこの息子のせいで娘が傷物になったも同然だから、解消したとしても学園の卒業までに万が一娘に相手が見つからなかったら最終的に責任とれよ！　責任とれよ！」などということをマイルドな言葉で両方の父がジークに念押しし、ジークがそれに承諾することでなんとか解消との運びになった。

これって、ジーク側は私に相手ができるまでちゃんとした相手見つけられないんじゃ……

微妙なジークのキープ感は否めない、これじゃ解消の意味があるのだろうか？　という疑問も残るが……

これにて解消の話は、恋愛結婚したかったら在学中にレーナが頑張れということで話がまとまった。

父もジークが最悪の滑り止めとなることに了承したことで明らかにホッとしていたので、私が次の相手を見つけられないと思っているのがバレバレだ。失礼極まりない。

父もジークの父も、ジーク本人ですら、私の次の婚約の心配ばかりなのが地味にイライラした。

解消という条件は一緒なのに、ジークの次のお相手が見つからなかったらどうしようについてはまったく話にのぼらないのはなんでだ。

私だってフォルトのはとこだけあって、そこまでひどい顔をしているわけではないと思うのに、ここまで皆に私の婚約のことだけ心配されてしまうと不安になる。


それでも、夜、私は入浴後真っ白な服を着せられていた。

華美なドレスとかではなく、真っ白な下着に、真っ白なワンピースだ。

なんだと思えば、婚約解消のための誓いの儀とやらを行うそう。

貴族になると、変な儀式もあってめんどうくさいものだ。

私は夜遅くにジークの家を後にして、別のところに移動した。

そこは真っ白な部屋だった。椅子も何もない、真っ白の部屋。

明かりはないけどなんでか明るい。

今日やらねばとのことで、ジークは万全の状態ではないけれど、ここに連れてこられたようだ。

部屋に入ると、ジークは包帯を目に着けたまま、部屋の中心で先に立っていた。

何が起こるのかと思えば、私とジークを残して皆この奇妙な部屋から出ていく。

二人きりになって、私はおずおずとジークに話しかけた。

「立って大丈夫なんですか？」

「ご心配ありがとう、治ってないのは目だけで、多少無理をすれば身体は動く。さて、包帯をしているから見えないから、左手をこちらに出してくれるかい？」

そう言われて、私はジークが差し出した手に左手を置いた。

ジークは『痛っ』などと言いつつ膝を折ると、私の左手に軽く口づけを落として言葉を紡いだ。

「君に素敵な出会いがありますよう」

「……ジーク様は身も焦がれるような情熱的な恋をしてしまって、相手にそのことを伝えるのも柄にもなく戸惑ってしまってものすごーーーく悩みますように」

なんとなく、私の心配ばかりする皆にイライラしていた私は、何気なく一気に、一息に言ってみた。

「おい……なんてこと言うんだ君は！」

「冗談ですよ」

ホホホ、ジークの恋愛も前途多難となってしまえとほんのり思っていたけれど。

「……人ごとだと面白がって、よりにもよってこの部屋で言葉にしてしまうなんて。現実になったらどうしてくれるんだ」

「あら、情熱的な恋愛を経験するなら最高じゃないですか」

「後半余計なことを言っていただろう」

「これくらい御愛嬌ではありませんか。『会いたい、会えない？　何を言ってる？　そんなに会いたいならさっさと会いにいけばいいじゃないか』という恋はつまらないですから。ジレジレの恋をすればいいんです。圧倒的アドバンテージをお持ちなのですから。むしろ思いを伝えても空振りするくらいの悪夢を味わえ……」

ジークの恋愛もハードモードに突入しろという思いがぼろんぼろんこぼれた。

ジークが立ち上がり私の口を押さえる。

こうして、何のためにしたのかわからない誓いの儀と呼ばれる婚約解消の儀式は終わった。

目隠ししていても見えてるよ絶対！　そう思える正確さだ。

「むぐむぐぐ」


その晩私は夢を見た。

あの部屋で縦ロールの小さなレーナと、小さいころから無駄に顔が整っていたジークが立っている夢だった。

レーナは今日のような簡素なワンピースではなく、結婚式あげるの？　ってくらいの純白のフリルたっぷりの豪華なドレスで、ジークも白のタキシードを着せられて真っ白な部屋にいた。

「それで、ジーク様私は何をすればよろしくって？」

小さなレーナが、隣に棒立ちになっているジークに鼻息荒く聞く。

うんざりとしたようにジークは答える。

「レーナ……また君は人の話をよく聞いていなかったんだね。この部屋で婚約を誓う言葉を言えばいいんだよ」

「はーい！　私レーナ・アーヴァインはジーク様をずっと好きでいます」

右手をびしっと挙げて高らかに宣言している。

「はぁ……ジーク・クラエスは好きになるように努力します」

いっぽうジークはため息をついて、実に温度差のある誓いの言葉を唱える。

その後、小さな私達はその場で倒れてしまうと、ムクリと起き上がり最上礼の姿勢をとった。

「ジーク・クラエスはレーナ・アーヴァインを本当に好きになったら。どんなことがあっても、たとえ彼女に恨まれることになったとしても、彼女を守る唯一の術《すべ》として、この婚約を破棄することを彼女との愛の証として誓います」

そして、起き上がったジークは子供とは思えないような口調と内容を告げた。

ジークと同じようにレーナも最上礼の姿勢で言葉を紡ぐ。

「レーナ・アーヴァインは……」

その先はなんて言ったのか聞こえなかった。

せっかくの新年、夜更かしてやるぜという思いは、誓いの儀をした後はさっさと寝ろとのことで普通に十時過ぎに部屋に押し込まれ諦めた。

その翌朝、クライストで新年らしいお雑煮が出てきて、ちょっと感動してしまった。

餅～！

お前この世界にもちゃんとあったのね。

その後は、もう学園に馬車で向かわないと新学期の準備が間に合いませんという宣言を受けた。

いろんなことが中途半端であるけれど。私の成績を考慮すると、出席は大事。

すぐに私達は馬車に乗って学園に戻ることになった。

ジークは目の容態が落ち着いてから戻るとのことで、学園のほうは二週間ほどお休みするそうだ。

成績のいいやつはそういうことしても問題ないのかなとか思ったりした。

さて、雑煮をおいしいおいしいと大絶賛していたせいなのか、向こうでよかったらお食べくださいとお餅をしこたま詰め込まれ、私、フォルト、シオンの三人は先に学園へと向かった。

ちょうどいいので馬車に乗っている間に報告しておこうと。フォルトとシオンに急だったけれどジークとの婚約を解消したことを告げた。

その途端だ。

「ばっかじゃないの⁉　もうレーナ様じゃ、生涯あのレベルを捕まえられることなんてないよ。前世に感謝したほうがいいレベルの婚約を棒に振ったのわかってんの？　今なら恩もあるし絶対レーナ様に有利な状態で婚約していられたのになんで自ら解消申し出てるの？　馬鹿なの？　土下座してでも調子に乗ってましたって、すみませんなかったことにしてくださいって今からでも謝罪してきたら」

シオンはストレートにそう言ってきた。

いや、確かにあのレベルとの婚約なんて次は無理だろうなってことはわかっていたけれど、改めて言われると来るものがある。

ここまでぼろくそに言われると、早まったかもしれないと今更ながらに思った。

それでも抵抗するように、おずおずと手を挙げる。

「いや、でも、誠に不本意ですが。在学中に頑張ってみて見つからなかったら責任はジーク様が取るってことでけりがついたので。最悪ジーク様が責任を取ってくださるので行き遅れにはならないのではないかなと……」

「ジーク様に恋人ができたとしても、在学中にジーク様が婚約って形をとらないってだけでしょ。自由恋愛解禁しました。卒業決まったけど、レーナ様お相手決まりませんでした。ジーク様、約束通り責任を取る形でお願いしますってあっちが付き合ってるのを別れさせて娶《めと》ってもらうパターンになっても社交界で大丈夫なわけ？　ものすごい悪女になるよアンタ」

　別れさせて結婚とかほんと笑えない結末だ。

「あの頑張るので……」

ついつい、私から切り出したことなのに早くも弱気になる。

「フォルト様も固まってないでちゃんと現実をレーナ様に言ってやってください」

シオンはフォルトにそう促す。

「レーナ嬢ならいい人が見つかると思う……」

フォルトがそう言ったことで、私の顔には笑顔が戻ってきた。

そうだそうだ、私だってジークほどのイケメンを再び捕まえようと思っているわけではないのだ。

しかし、フォルトの擁護がお気に召さなかったようで、シオンはこう続けた。

「そうですか、そうですか。じゃぁ、卒業の際にレーナ様がフリーでジーク様に相手がいるならば、フォルト様にレーナ様が土下座して娶《めと》ってもらうということで」

「ちょっと待って結婚相手探すのに、私土下座でお願いしてばかりなんだけど」

恋愛結婚を目指すつもりが、これじゃ土下座結婚である。

「そりゃそうでしょ。公爵令嬢なんだから、その辺にいる適当な男と恋に落ちたとしても結婚なんかできないでしょ。無駄にメンクイだし、本当にどうする気なのさ」

　確かに、婚約相手に公爵令嬢を娶《めと》れるだけの身分を求めるとなると、そこまで低い身分のところには嫁ぐことはできないのかも。

「売れ残るよりかは、どなたでもいいのでもらってもらったほうがいいのでは……」

「アンタ自分がどれだけ金かかるかわかってるの？　お気に入りのよく飲んでる紅茶。あれ一缶いくらだと思ってんの？　愛読してる本なんて贅沢品だから庶民は買えないし。僕が駄目にしたあの寝間着、庶民のお給料一年分でも到底買えないんだからね」

　恐ろしいことをさらりと言われた。

「えっえっ……」

「レーナ様このままじゃ、アーヴァインの不良債権一直線だよ。フォルト様も責任取る気がないなら悠長なこと言ってないでちゃんと諌めてよ！」

「すまない」

　シオンの言葉を受けてフォルトが謝罪したことで、婚約破棄がとんでもないやらかしだったのではという実感が湧いてくる。

「シオンさん。治癒師って少ないから儲かるんでしたっけ？　あの私とか……」

　冗談半分にヘラッと笑ってみる。

「冗談でもそんな隷属への命令振りかざさないで。この金食い虫！」

馬車の中にシオンのツッコミがこだました。

ジークと私の婚約が消えた世界でも、特に変わりなく物語は続いていくようだ。

エピローグ

今回魔子の事件に私が深く関わったこともあり、父は私に詳細を教えてくれた。

しかし、ユリウスが後世に伝えなかった真実は私が墓まで持っていくと言っていた。

……が！　私はこのことを一冊の本にしてまとめることにした。

このような重大なことは、後世に残しておかないといけない。

同じことが起きた時、解決方法を探し、本を積み上げた人が解決方法にたどりつけるよう――秘密の部屋に。

本を読み漁《あさ》り、本を積み上げても救いにつながることはなく、報われないなどということはあってはいけないのだ。

あそこにある貴重な本の数々はきっと先人達が私と同じように考え、そして増えていったに違いない。

表には決して出せない、歴史の中にあった真実と膨大な知識を。

あの部屋に入る権利を手にした、後世の選ばれた『真実の探求者』のために。

魔子がなぜできるのか。魔子の討伐方法はなんなのか。

ユリウス・アーヴァインが各地の魔子を倒しては魔剣を増やしていたという、表には決して出せない真実の歴史。

そしてユリウスの死後現れた、クライスト領を長きにわたって苦しめた魔子の退治のことが、私の手によって記された。

優秀なリオンは未完成の魔剣を見ただけで、魔剣秘匿容疑で私を拘束する際に使用した魔石錠と同じ材料で作られていることを割り出した。

危険ゆえに作り方が失われた魔剣の刀身の材料。

切りつけることで魔力を吸い、剣にとどめる術式や魔力がたまる。

刀身の色が変わったあとに魔剣を体内にしまうための術式なども記入された。

そして最後に、私は秘密の部屋にあった他の本同様、名前と先人達が必ず入れてきた言葉を最後に入れた。

知識を得た者による次なる悲劇を繰り返さないことを望む

アンバー領公爵令嬢レーナ・アーヴァイン

この本を誰も探さず、開く日などこないように願いをこめて。

新 ＊ 感 ＊ 覚 ファンタジー！

レジーナブックス
Regina

冷遇幼女に、
愛されライフを！

そんなに嫌いなら、私は消えることを選びます。1～2

秋月一花《あきづきいちか》

イラスト：1巻：れんた
2巻：池製菓

家族から名前さえ呼ばれない冷遇の日々を過ごしていた子爵家の令嬢は、ある日公爵家に養女として保護され、実家と縁を切るという意味で新しい名前を貰う。エリザベスと名乗るようになった彼女は、公爵家の面々から大切に愛されることで、心身ともに回復していった。そんな矢先、エリザベスの秘密が明らかになり、彼女は自ら実家と向き合う覚悟を決め――……

詳しくは公式サイトにてご確認ください。

https://www.regina-books.com/

この作品に対する皆様のご意見・ご感想をお待ちしております。

おハガキ・お手紙は以下の宛先にお送りください。

【宛先】

〒150-6019 東京都渋谷区恵比寿4-20-3 恵比寿ｶﾞｰﾃﾞﾝﾌﾟﾚｲｽﾀﾜｰ 19F
（株）アルファポリス　書籍感想係

メールフォームでのご意見・ご感想は右のＱＲコードから、
あるいは以下のワードで検索をかけてください。

アルファポリス　書籍の感想　検索

ご感想はこちらから

本書は、「アルファポリス」（https://www.alphapolis.co.jp/）に掲載されていたものを、
加筆・改稿のうえ、書籍化したものです。

悪役令嬢《あくやくれいじょう》はヒロインを虐《いじ》めている場合《ばあい》ではない３
四宮あか（しのみや あか）

2024年 6月 5日初版発行

編集－古屋日菜子・森 順子
編集長－倉持真理
発行者－梶本雄介
発行所－株式会社アルファポリス
〒150-6019 東京都渋谷区恵比寿4-20-3 恵比寿ｶﾞｰﾃﾞﾝﾌﾟﾚｲｽﾀﾜｰ19F
TEL 03-6277-1601（営業） 03-6277-1602（編集）
URL https://www.alphapolis.co.jp/
発売元－株式会社星雲社（共同出版社・流通責任出版社）
〒112-0005 東京都文京区水道1-3-30
TEL 03-3868-3275
装丁・本文イラスト－11ちゃん
装丁デザイン－AFTERGLOW
（レーベルフォーマットデザイン—ansyyqdesign）
印刷－中央精版印刷株式会社

価格はカバーに表示されてあります。

落丁乱丁の場合はアルファポリスまでご連絡ください。

送料は小社負担でお取り替えします。


ISBN978-4-434-33941-7 C0093